HÁZME TUYA

CONDADO DE BRIDGEWATER - LIBRO 5

VANESSA VALE

Derechos de Autor © 2017 por Vanessa Vale

ISBN: 978-1-7959-0349-3

Este trabajo es pura ficción. Los nombres, personajes, lugares e incidentes son producto de la imaginación de la autora y usados con fines ficticios. Cualquier semejanza con personas vivas o muertas, empresas y compañías, eventos o lugares es total coincidencia.

Todos los derechos reservados.

Ninguna parte de este libro deberá ser reproducido de ninguna forma o por ningún medio electrónico o mecánico, incluyendo sistemas de almacenamiento y retiro de información sin el consentimiento de la autora, a excepción del uso de citas breves en una revisión del libro.

Diseño de la Portada: Bridger Media

Imagen de la Portada: Deposit Photos

¡RECIBE UN LIBRO GRATIS!

Únete a mi lista de correo electrónico para ser el primero en saber de las nuevas publicaciones, libros gratis, precios especiales y otros premios de la autora.

http://vanessavaleauthor.com/v/ed

1

*L*ACEY

"El mejor sonido de la historia", dije a mi asistente, Tessa, indicando la cerradura automática de la puerta que acababa de cerrarse.

Me volví a sentar en el asiento lujoso—tan cómodo como la primera clase en el avión, pero estaba en la tierra y casi llegaba a casa. ¿Qué esfuerzo era atravesar Los Ángeles después de un vuelo de catorce horas? Suspiré, recosté la cabeza hacia atrás.

"¿Incluso mejor que alguien anunciando tu nombre para que bajes por la alfombra roja?" Alentó Tessa mientras nos disponíamos a esperar que una familia de cinco terminara de subir sus maletas a la SUV parada enfrente de nosotros.

"Oh sí. Mucho mejor", dije, ladeando mi cuello de lado a lado para sacarme los problemas. "Sabes que amo a mis admiradores, pero una gira de prensa de dos semanas es suficiente. También lo es el montón de paparazzi afuera de la aduana. Y esos fanáticos ávidos que no saben nada de mí". Señalé afuera de la ventana a un montón de seguidores de estrellas.

"Suena como que alguien necesita un masaje".

Mientras Tessa investigaba la canasta de revistas, chocolate y champaña enviada por su oficina, agotada observé a la multitud afuera.

Sin inmutarse por las ventanas polarizadas, mis fanáticos empujaban codo con codo mientras se acercaban para capturarme con sus teléfonos. Me agradaban las personas por naturaleza, pero me dio mucha satisfacción las expresiones frustradas de las personas que se daban cuenta de que no iban a obtener nada a través del vidrio. Querían más de mí y no estaba dispuesta a dárselos. Ahora no. No después del largo vuelo desde Corea del Sur, no en mis mallas y camiseta, mi cabello recogido en un moño descuidado. No cuando todo lo que quería hacer era arrastrarme en la cama por doce horas.

La seguridad del aeropuerto apareció finalmente para abrir paso. Al mismo tiempo, la familia enfrente de nosotros terminó con sus maletas y se metieron al vehículo. Nuestro auto comenzó a moverse, lo cual tomé como mi señal para dejar salir un suspiro profundo y tumbarme en mi asiento incluso más. Nada de cámaras ni fanáticos. Podía ser yo misma.

Tessa se rio. "Entonces, ¿quieres que lo reserve?"

Me froté la frente. "¿Qué? Lo siento. Estoy exhausta". Estábamos a la luz del día, pero no tenía idea de qué hora era. Todo lo que sabía era que crucé la Línea Internacional de Fechas y regresé un día.

"El masaje. ¿Quieres que lo organice? Puedo hacer una llamada y hacer que ese masajista que te gusta nos vaya a ver en tu casa".

Mi cabeza comenzó a preparar la respuesta automática

esperada. Todos sabían que ser masajeada por algún Vikingo rubio grande con manos increíbles se suponía que era el milagro que curaba el estrés de Los Ángeles, pero no. Ni siquiera podía contar cuántas horas había pasado siendo amasada y frotada desde que había abandonado mi pequeña vida de pueblo como Lacey Leesworth para convertirme en una estrella en crecimiento, Lacey Lee.

Ninguno de esos masajes había hecho una maldita cosa. En vez de asentir, volteé la cabeza para mirar a Tessa, la cual estaba pasando sus pulgares a un montón de periódicos balanceados en su regazo.

"No. No necesito un masaje. Necesito..." Una de las noticias de los periódicos me distrajo y me senté, lo alcancé. "Oh Dios mío. ¿Hablan en serio? ¿Una boda en Junio?"

Tessa volteó el papel rápidamente, pero era demasiado tarde. Me reí con humor y negué con la cabeza.

"Diría que no lo puedo creer, pero por supuesto que puedo. Debo haber dado cientos de entrevistas en Corea del Sur sola, y de lo que todos querían hablar era de mi llamada vida amorosa".

¿Amor? Ja.

"Ya sabes cómo son los medios", contestó ella, poniendo los ojos en blanco. Desde que trabaja para una firma PR, lidiaba con ellos veinticuatro/siete. "Están hambrientos por la siguiente historia de amor. Eres la novia actual de la televisión y Chris es—uh, tiene el potencial para ser la próxima estrella de rock". Su voz cambió cuando habló de Chris, las palabras se llenaron con algunas dudas. "Por supuesto que todos los quieren a los dos juntos".

En vez de calmarme, me hizo apretar los dientes. Cualquier mención de Chris hacía eso estos días. "Sí, entiendo a los medios. ¡Es solo que...argh!" Moví las manos en el aire. El gesto indicaba toda mi frustración con los medios, los fanáticos e incluso Chris.

Tessa hizo una mueca y me dio una palmada en la pierna. "Estás agotada. Cualquiera lo estaría después de filmar y del agasajo de la prensa. Nadie se imaginó que la serie de los Cazadores sería un éxito. El romance de vampiros todavía tiene un gran seguimiento, no solo aquí en los Estados Unidos, sino en el mercado asiático también. Has estado yendo y viniendo por este camino por cinco años y sabes cómo es. Deja ir todas estas cosas. Además, no es como que todos creyeran que tuvieras el bebé secreto de Elvis el mes pasado". Estaba usando su tono aplacador familiar, lo cual probablemente era lo primero que le habían enseñado en Manejo de Celebridades 101.

Eso había sido diferente. Elvis murió antes de que yo naciera. Chris, sin embargo, estaba vivo y bien—por lo que sabía—y prosperando en la prensa por nuestra apenas real relación.

"¿'¿Todas estas cosas', significa todas estas mentiras?" Agarré la revista de su regazo, la levanté para poder ver mi rostro sonriendo en algún evento de alfombra roja. Reconocí el vestido rojo. ¿París? ¿Sidney? No podía recordar. Una foto más pequeña de Chris estaba en cuadrado en la esquina derecha, letras grandes en negritas gritando "¿Campanas de Boda o Infierno de Boda?" por la parte superior. Lo volví a colocar en el regazo de Tessa, después me quedé mirando fuera de la ventana, observando a Los Ángeles pasar, aunque al mismo tiempo mirando nada en lo absoluto.

"Esto es Hollywood, Lacey. Eres una estrella de televisión. Muy poco sobre tu vida es verdad. Si la verdad saliera a la luz..."

Tessa se calló sombríamente, sacándome una risa genuina. Le lancé una mirada divertida.

"Lo dices como si tuviera algún tipo de secreto oscuro cuando nada podría estar más lejos de la verdad. Como el niño amoroso de Elvis". No pude evitar la sonrisa que se formó en mis labios. "Todo lo que hago es trabajar y dormir. Ni siquiera podría pensar en la mitad de las cosas que ellos dicen que hago. Mi vida ha sido un libro abierto desde mi primer contrato, y los paparazzi se inventaron todo antes de eso. Mi nombre verdadero ni siquiera es un secreto".

Me dio una mirada que lo dijo todo. Me compadecía. Sí, tenía dinero y fama, pero nada más, y ella lo sabía. Ella sabía lo que realmente era ser una actriz famosa, y por eso, estaba contenta por permanecer bajo perfil, anónima para los fanáticos y acosadores. Cuando Tessa me dejara, se iría a casa para jugar tenis o iría a la biblioteca. Quizás incluso iría a la tienda con nada de maquillaje. Cosas normales. No había visto el interior de las tiendas de comestibles en años; no podía escoger mis propios productos sin los paparazzi siguiéndome, tomando alguna foto horrible y colocándola en línea y diciendo que estaba en una depuración con jugos. Dios no lo quiera que escoja mis propios tampones, algo relacionado a un aborto o un artículo sobre cómo el grano en mi barbilla obviamente era por el Síndrome Premenstrual y saldría a la superficie al día siguiente.

"No quise decir eso", contestó ella. "¿Pero ¿cómo crees que reaccionarían los fanáticos si supieran que tú y Chris no fueran la pareja de sus sueños? Los titulares no están hechos basados en 'citas casuales' y en 'estamos saliendo, pero no hay nada serio'". Aire de Tessa citado en todos los lugares correctos.

Puse los ojos en blanco, suspiré. "No lo sé. Quizás comenzarían a reaccionar a mis habilidades de actuación otra vez en vez de todo esto…que no tiene sentido. ¿Qué crees que dirían las personas si supieran que Chris y yo no hemos intercambiado más que un único mensaje de texto durante la última semana?"

Tessa puso una mirada de pánico. "No le digas eso a nadie".

Me reí por su expresión. "Sí, a eso me refiero. La verdad arruinaría mi carrera, lo cual es tan ridículo, ni siquiera puedo hacer una lista de todas las maneras. Odio esto, Tessa. No quiero que las personas me casen a Chris y estoy resentida con el equipo de PR por presionarme a pasar por toda esta payasada mientras no estaba".

"Está bien. Solo espera". Tessa puso todas las revistas a un lado para mirarme, metiendo una pierna debajo de la de ella. Tenía puestos pantalones ajustados con sandalias de cuña, un bonito top con volados que caían al frente. Era obvio que ella no venía de un vuelo de Asia. "¿Qué está pasando realmente? Estás más molesta de lo usual. Si es cansancio, podemos organizar un retiro de cuidado personal. El retiro personal es la gran palabra de moda en este momento de cualquier forma. Tus fanáticos se volverían locos con admiración y la prensa correrá con eso".

"La presa comenzará a especular que llevo al bebé de Chris. O que estoy en rehabilitación".

No podía decidir cuál opción era peor—embarazo falso o bulimia falsa. Quizás debería ir a comprar algunos tampones. Eso calmaría una de esas cosas.

Tessa abrió la boca, pero después la cerró con una risa triste. "Está bien, me agarraste ahí".

"Mm-hmm. Pero un retiro sí que suena increíble". Suspirando, me saqué el cabello de la cola de caballo descuidada, lo alisé y volví a amarrar hacia atrás. Había estado por todo el mundo, aun así, quería escaparme. No para una agenda repleta de reuniones, entrevistas, fiestas de lanzamiento y alfombras rojas. No, a algún lugar tranquilo. Sin cámaras. Sin teléfonos. Sin conexión.

Tessa se veía genuinamente preocupada. Habíamos estado juntas lo suficiente que sabía que ella realmente estaba preocupada por mí, incluso si solo porque su trabajo dependía en que mi carrera permaneciera estable. La barrera profesional nos mantenía alejadas de ser amigas, pero como ella era lo más cerca de una que tenía en Los Ángeles—y por el hecho de que ella había firmado un acuerdo de confidencialidad para que no compartiera mis secretos—decidí confiar en ella.

"Tienes razón. Es más que cansancio. Estoy sola, Tessa. Solo soy yo cuando estoy en casa y es incluso peor cuando estoy de gira. Por favor no me digas que tengo todos estos 'adorables fanáticos'". Podía citar con esos aires en momentos clave también. "Yo no—bueno, no quiero fanáticos. Obviamente. Pero no puedo estar sostenida por el amor voluble de billones de extraños, especialmente porque la persona por la que realmente se sienten atraídos es un personaje de ficción. Una serie de ellos". Suspiré, halé la trenza de mi suéter con capucha. "Oh, tú sabes a lo que me refiero".

Tessa asintió lentamente, haciendo que se meneara su cabello oscuro. "Creo que lo hago. Entonces--¿qué tal Chris? ¿Realmente sería tan malo ser más que casual con él?" Ante mi mirada seca, arrugó la nariz y se rio. "Está bien, sí, pregunta estúpida. Él es un desastre arrogante que se da mucha importancia".

Sin mencionar que es un aprovechador, pero no necesitaba decirle eso a Tessa. Ella estaba bien consciente de cómo mi afiliación con Chris beneficiaba su carrera. ¿La mía? No demasiado. Ya yo era la novia de la pantalla grande. Nuestro llamado compromiso era pura ficción, soñada por la compañía PR que nos representaba a ambos Chris y a mí.

Me encogí de hombros. "Él es…no lo sé. Chris simplemente no es lo que quiero".

Yo quería amor, el tipo de amor dulce, simple, no complicado que mi hermana había encontrado. Quería conexión instantánea. Quería a un chico que me quisiera a mí más que a nada más. Sexo ardiente también. Sí, quería eso con un chico que supiera que estaba en la cama conmigo, la verdadera Lacey.

¿Qué tan bueno era el dinero y la fama si nadie quería a la verdadera yo? ¿La mujer, no la estrella? Y Chris ni siquiera sabía quién era la verdadera yo. No le importaba.

La pobre Tessa no se merecía esta conversación pesada así que me encogí de hombros y le di una pequeña sonrisa. "Está bien, resérvame el retiro. Asegúrate de que tenga bastantes baños calientes y largos. Solo tengo dos semanas entre ahorita y el próximo tour. Hagamos que valgan la pena".

"¡Sí!" Esa es la Lacey Lee que conozco y que quiero". Tessa chocó sus manos, después sacó su Tablet de repente.

Mientras investigaba opciones de retiro, tomé el montón de revistas. El brillo de la pantalla de la Tablet hizo que los titulares parecieran espeluznantes y demasiado ridículos.

La-Chris era un nombre de pareja absurdo. Chracey era incluso peor, pero al menos el sentimiento estaba bien. Una locura era la palabra para todo esto. Para la relación falsa que tenía con un chico que apenas conocía.

Un titular me hizo resoplar una risa. Tessa levantó la mirada. Señalé el papel hacia ella. "¿RockPorSiempre?" ¿Qué es esto, una máquina del tiempo de vuelta a los noventas?"

Tessa no tuvo oportunidad de responder. El auto bajó la velocidad enfrente de mi casa, la cual estaba encendida como Navidad. Camionetas y autos similares estacionados en la entrada y en el césped.

"A la mierda". Tessa se inclinó por encima de mí para mirar por fuera de la ventana, los ojos se le iban a salir. "¿Eso es un autobús de gira?"

"¿Qué está pasando?"

Tessa y yo nos miramos una a la otra. Al mismo tiempo las dos gruñimos: "Chris".

Nadie más tendría el descaro de convertir mi casa de un

millón de dólares en un maldito palacio de fiestas. Especialmente mientras era bien sabido que estaba fuera del país. O había estado.

La música golpeaba en cada ventana, tan alta que la podía escuchar desde el interior del auto. Mientras observaba, horrorizada, tres mujeres que no conocía salieron corriendo de la puerta delantera, totalmente desnudas, llevando copas de vino y pasando un porro entre ellas.

Tessa hizo un sonido de disgusto. "No puedo creer esto. Quédate aquí. Voy a limpiar este desastre y a hacerme cargo de Chris".

Me acerqué a la puerta primero y agité su espalda. "No, no lo hagas. Vete a casa. Yo manejaré esto por mí misma".

Puede que no tuviera ningún control sobre la imagen de los medios de mi llamada vida amorosa, pero de seguro que le podía decir la verdad a una persona. Si Chris creía que tenía el derecho a cualquier cosa por la que me había roto el trasero para ganarme, estaba muy equivocado. Esto no era una relación, esto era un imbécil centrado en sí mismo usando mi nombre.

Abriendo de golpe la puerta del auto, agarré mi maleta de mano y caminé directamente hacia el grupo de aficionados borrachos. Mi puerta de entrada estaba completamente abierta. Eso hubiese sido perfecto para mi entrada dramática excepto por una cosa.

Chris no estaba ahí a la vista.

Las personas que estaban ahí o estaban demasiado bombardeadas para notarme o simplemente no les importaba que habían sido capturados destruyendo mi casa. Probablemente ni siquiera sabían de quién era la casa en la que estaban. ¿Y por qué les importaría? Las personas de Chris eran todas del mundo del rock, músicos y aficionados. Un fiestón era la norma, incluso a mitad del día—no importa la hora que fuera. La mía probablemente era la tercera casa u hotel que habían destrozado esta semana.

La cabeza palpitando por la música explosiva y las luces estroboscópicas malvadas que alguien había instalado, deambulé de habitación en habitación. La casa no era grande como los estándares de Los Ángeles, pero tenía ventanas desde el suelo hasta el techo con vistas increíbles. Cuando no encontré a Chris en el primer piso, subí las escaleras, evitando botellas de cerveza vacías y bragas abandonadas sin cuidado.

Ni siquiera me molesté en verificar las habitaciones de invitados. Si Chris tuvo la osadía de invadir mi casa, no se comportaría como un invitado. Siguiendo el camino de ropa y zapatos abandonados, caminé hacia mi habitación con la puerta abierta a una vista que me hubiese impactado a los dieciocho.

Alguna rubia que no conozco estaba de rodillas y manos en mi cama mientras Chris la penetraba desde atrás. Hasta este momento, había caminado por la casa con una sensación de entumecimiento, mi visión enloqueciendo por todo el espectáculo de luces, la fiesta loca. Ahora el entumecimiento se evaporó y una claridad afilada me invadió.

Yo no quería esto. No quería nada de esto. Ni la casa lujosa que había comprado porque eso era lo que hacían las estrellas de Los Ángeles, ni el novio famoso rockero que los fanáticos pensaban que completaba mi imagen. Ni las drogas, fiestas y viajes sin final.

No quería nada de esto. Estaba harta. H. A. R. T. A.

Dejando mi maleta a un lado de la puerta, caminé para ponerme de pie directamente enfrente de Chris y su aficionada, el sonido de sus caderas chocando contra un trasero perfecto llenando la habitación.

Chris no mostró ni una pizca de vergüenza cuando me vio. Todo lo contrario, de hecho. Agarró las caderas de su juguete sexual y tiró de su trasero contra su ingle lascivamente. Si era capturado, no quería que fuese con su pene colgando. No, él lo quería enterrado bien profundo.

Sonrió, dándome esa mirada encantadora que las cámaras amaban. Cabello rubio despeinado, mandíbula cuadrada, cuerpo perfecto. Incluso su pene era atractivo—cuando no estaba llenando a alguna chica sin nombre y sin rostro. Me disgustaba. Nada acerca de él era atractivo para mí—incluso antes de que tuviera que pararme aquí y mirarlo follar a alguien más. Su personalidad era narcisista. Sus sueños, superficiales. También lo era su comportamiento. No, él era un imbécil y no tenía idea de por qué dejé a las personas de PR seguir con esto. Ellos deben haber amado que estuviera en Asia; no podía ver lo que era el verdadero Chris con el pacífico entre nosotros.

"Este pene está ocupado, Lacey", dijo él, su voz profunda y aun así llena de burla. "Si quieres entrar en acción, tendrás que pedirle un poco de lengua a mi señorita amiga".

"Tu señorita amiga". Mis cejas no podían levantarse más. Ella no era una señorita y apostaría mi casa a que él no tenía idea de cuál era el nombre de su amiga.

Sí. H.A.R.T.A.

"Sabes qué, como sea". Levanté las manos hacia arriba, las dejé caer a mis lados. "No lo voy a pedir. Tú y tu señorita amiga tienen que salir de mi cama antes de que llame a los policías".

Con una mano, se la colocó en el pecho e hizo un gesto muy falso. "No lo harías".

Estreché los ojos. "Sí. Lo haría". No me di cuenta de que estaba temblando hasta que señalé hacia la puerta con mi dedo. "Salte. Los dos".

La rubia se llevó el cabello hacia atrás y me dio una mirada perversa. "Zorra, ¿alguna vez has escuchado acerca de esperar por tu turno?"

Levanté mis manos hacia arriba y di un paso atrás. Después otro. "No voy a hacer esto". Y no me refería a recibir un poco de lengua.

Volteándome, agarré el teléfono de la casa de la mesita de noche.

"Por el amor a dios, Lacey". Chris apartó a su pareja y miró alrededor de la habitación, con el pene brillante cubierto en condón. Al menos era lo suficientemente inteligente para usar protección. No estaba segura de si debía vomitar por la pornografía delante de mí o si debía estar impresionada de que usara protección.

"Si estás intentando encontrar tus pantalones, están en las escaleras". Señalé con el pulgar por encima de mi hombro. "Te los puedes poner mientras te diriges a salir de mi vida".

Sus hombros se pusieron rígidos pero su erección estaba marcada. Aparté la mirada. No necesitaba ver eso. "¿Qué dijiste?"

"Tú me escuchaste. No voy a volver a hacer esto. No estaré asociada contigo, ni siquiera en las noticias. Cuando tu firma PR quiera saber qué estuvo mal, puedes solucionarlo".

Su labio se curvó hacia atrás en una mueca. "Bien. No necesito estar atrapado a tu cara de zorra para ir a donde quiero. Solo estaba detrás de ti por la conexión, para que el mundo mirara mi banda. Lo conseguí y ya no te necesito. No es como si alguna vez lo sacaras".

Gracias a dios por eso. Tenía que agradecer a mi ocupada agenda por primera vez por haberme mantenido alejada de su pene. Habíamos hecho esto juntos—eventos, cenas, fiestas casuales—pero nunca solos y nunca desnudos.

Se salió de la cama, sacándose el condón usado y tirándolo a la papelera. "¿Sabes qué, Lacey? Adelante, llama a los malditos policías. Trae a la prensa aquí también. Hagamos oficial esta ruptura".

Por fuera de la esquina de mi ojo, vi movimiento en la

puerta de entrada. Giré mi cabeza para ver que alguien de la fiesta ya nos había encontrado. El tipo llevaba una camiseta del equipo del escenario por todo su pecho estrecho y tenía su teléfono señalando hacia mí, Chris y la rubia que, en vez de salir corriendo de vergüenza, se había puesto de rodillas sobre la alfombra del suelo y se dedicó a revivir la erección del pene de Chris.

"Guarda eso", gruñí.

"Maldición, no. Déjala afuera. Llevemos esto a las cámaras". Chris agarró el cabello de la rubia y presionó profundo dentro de su boca hasta que la atragantó.

Golpeando el teléfono hacia abajo, di mi espalda a Chris y a todo lo demás, deteniéndome solo lo suficiente para agarrar la manilla de mi equipaje de mano. Si ellos querían grabar una pornografía, adelante. Yo no quería tener nada que ver con eso. No necesitaba a la policía. Chris y las personas de su fiesta se marcharían eventualmente. La firma PR que nos puso juntos en primer lugar haría el control de daños de la casa y mi imagen pública mañana.

O no lo harían. Empujé al tipo pasando por la puerta, el cual mantenía la cámara en la pequeña escena en mi habitación, bajando las escaleras y fuera de la puerta de enfrente— la cual seguía abierta. El aire fresco no hizo nada para hacerme sentir mejor. Mientras llamaba para que otro auto me recogiera y me instalaba en la acera al final de la entrada para esperar, me di cuenta de que no me importaba si alguien limpiaba este desastre o no.

Simplemente no me importaba. Esta no era mi vida. Esta no era yo. Necesitaba escaparme. Lejos. Solo no sabía a dónde irme.

2

 ICAH

"Hay una chica linda. Vamos, engúllela ahora mismo. Tengo más de donde vino eso. Mientras te comportes, te llenarás".

Detrás de mí, el arrastre de una bota precedió una risa divertida. "Esta no necesita que la adulen, Micah. Escogí a mi chica más fácil para ti".

"Por eso es que todavía seguimos solteros, Colt. Nunca he conocido a una chica que no necesite al menos un poco de seducción. Esta potra no es diferente, ¿no es así, chica?"

La yegua entornó sus grandes ojos marrones y lanzó su cabeza como para decirme que me perdiera y así ella pudiese disfrutar de su manzana en paz. Después de darle a la otra yegua su propio trato, dejé que el par de caballos mascaran en la esquina del corral y caminé hacia donde Colt Benson estaba quitando el equipo que necesitaría para que montara y las yeguas que mis clientes estarían montando.

El sol de septiembre todavía estaba cálido y me detuve

para enrollar hacia arriba las mangas de mi camisa manga larga.

"Nuestro juego de seducción está bien. Nuestro juicio es el que es una mierda". Colt lanzó alforjas en dirección hacia mí.

No podía discutir con su valoración porque era verdad. Nuestro—sí, nuestro, porque éramos hombres de Bridgewater, y fuimos criados bajo la forma de Bridgewater—juicio romántico no tenía un buen historial.

Mi teléfono vibró en el bolsillo trasero de mis pantalones. Lo saqué lo suficiente para escanear el mensaje, después lo eliminé,

"¿Ella todavía te escribe?"

Miré a Colt antes de apartar mi teléfono y agarrar mi lista de empaque. "Nunca dejó de hacerlo. La próxima vez que salgamos con una mujer, vamos a usar un teléfono desechable hasta que estemos seguros de que no está loca de remate".

Hace un mes, estábamos listos para enrollarnos con una mujer que conocimos en un bar en el pueblo de al lado. Ella era hermosa, divertida, sexualmente aventurera, y no se desanimó ni un poco cuando Colt y yo le explicamos que los dos éramos un combo. Ella estuvo más que bien con eso, al menos por la noche, así que nosotros también. Eso fue hasta que su esposo nos encontró en el estacionamiento con una botella de lubricante, una caja de condones extra pequeños y una cámara web. Eso había mantenido nuestros penes en nuestros pantalones desde entonces.

Yo no era del tipo de hombre que necesitaba una mujer cálida en mi cama todas las noches de la semana, pero tampoco era del tipo que tenía pijamadas extensas con mi mano.

No me arrepentía ni me molestaba el período de sequía. Me había ayudado a aclarar mi cabeza y realmente delimitar lo que quería para mi vida. Sin embargo, un efecto secundario de toda esa introspección y abstinencia era que ahora podía imaginarme la vida que quería con claridad y el tipo de mujer con el que quería llenar mis días y noches. No solo una mujer, una esposa. Una mujer para compartir nuestras vidas permanentemente. La mía y la de Colt. Hacer una familia.

Ese tipo de claridad había traído un sentido de urgencia que no había existido antes. Sabiendo lo que quería, lo quería ahora. Quería una mujer dispuesta, una que sonara sus dedos y nosotros felizmente la desnudaríamos y la follaríamos duro. Ella lo querría, salvaje y sucio, con sus esposos. ¿Por qué? Porque a la mujer para nosotros le gustaba rudo, le gustaba divertido y le gustaba todo el tiempo.

Me moví el pene, poniéndome duro al pensar en la mujer para nosotros y lo que haríamos con ella.

Colt se llevó una mano por la parte posterior de su cuello, probablemente pensando en cómo escapamos de una situación mala. "Qué bueno que no hay señal telefónica a donde te diriges".

Dos días sin mensajes de una mujer loca esperando que Colt y yo la folláramos mientras su esposo observaba—y lo grababa. Eso era algo bueno. ¿El precio? Montar en el campo con un par de recién casados. "Con suerte no será como esa única vez donde tuve que escuchar a la pareja follando como conejos. Lo juro, necesitaban ir hacia la primera roca grande que encontraran". Hice una mueca ante el recuerdo no tan agradable. "No es mi idea de un buen momento".

Quería experimentar ese nivel de deseo por mi pareja que la tomara doblada sobre la superficie plana—o casi plana— que pudiese encontrar. Quería pasión y compromiso, tener una mujer dispuesta y suave debajo de mí. Demonios, arriba de mí también funcionaría. Incluso sobre una maldita roca. Montando mi pene mientras que sus senos rebotaban y Colt tomaba su trasero al mismo tiempo.

"Conduciré a los caballos contigo a la cabaña, después voy a disfrutar un día tranquilo por mí mismo. Trabajar en la enmarcación. Me encantaría cerrarlo antes del invierno. Después me voy a instalar en mi cama grande y suave". Sonrió, se ajustó su sombrero de vaquero. "Apesta ser tú".

Sacudiendo mi cabeza, metí el último engranaje en las alforjas, lo saqué de la lista, y señalé a Colt con mi bolígrafo. "Apesta ser nosotros", dije, ignorando el resto de sus palabras. "Estaremos de regreso antes de que oscurezca, pero recuerda, no soy el único que dormirá solo esta noche. Tú y yo estamos remando el mismo bote vacío". Me metí el bolígrafo detrás de la oreja y estreché lo ojos. "A menos que hayas pasado las últimas semanas llegando a una conclusión diferente a la mía".

No era una posibilidad tan descabellada. Mientras que yo era dueño de mi negocio en la naturaleza con bastantes clientes y tenía crecimiento en el horizonte, Colt todavía no había llegado a donde quería estar.

Colt terminó de asegurar las sillas de montar de los caballos y me lanzó una mirada desde la parte trasera de mi caballo. "Lo que quiero no ha cambiado desde que tenía diez años e hicimos nuestro pacto".

Me froté la barbilla. "Quizás no, pero las cosas no han pasado en el orden correcto".

Se suponía que los dos íbamos a ser dueños de negocios exitosos, yo con el retiro en la naturaleza, Colt con su propio rancho. No es que el orden de las cosas me importara. Yo creía que los eventos llegaban y caían en su lugar cuando se suponía que debían hacerlo. A Colt, por otro lado, le gustaban las cosas así. Hace cinco años, compró una extensión de cien acres en un valle hermoso al sur de Bridgewater. La tierra estaba esperando por nosotros—por nosotros y una novia—para instalarnos, pero eso tomaba más dinero. Y una mujer. Necesitábamos una casa, un establo, caballos y más. Y una mujer.

Mientras tanto, él todavía estaba trabajando como el capataz jefe del Desembarque de Hawk, un rancho de huéspedes que le pertenecía a nuestros amigos, Ethan y Matt. Él era imprescindible para el lugar; a cargo de los grandes establos, el mantenimiento de la propiedad y los establecimientos, los animales, además de supervisar a cincuenta o más empleados no hospedados. Él lo podía manejar, siendo el Sr. Quisquilloso que él era, pero a mí me gustaban más los espacios abiertos. Odiaba el papeleo y disfrutaba dormir afuera bajo las estrellas tanto como en mi propia cama.

"Las cosas pasan exactamente en el orden en que se supone que deban hacerlo", contestó él. "Si yo debía tener mi propio negocio en funcionamiento, estaría atendiendo mis propios caballos y no estaríamos teniendo esta conversación. Si nuestra mujer ya estuviese allá afuera, ¿no crees que hubiésemos experimentado ese momento de iluminación para este momento?"

Coloqué el paquete detrás de la silla de montar. Siempre había estado dicho, por mis padres y también por los de Colt —demonios, casi cualquier hombre casado en Bridgewater— que ellos conocían a su novia en el minuto en que le pusieran los ojos encima. Como un rayo. Yo solo había estado impresionado por un rayo de verdad dos veces en mi carrera—lo cual no era una sorpresa por lo que hago—pero nunca del tipo de "amor".

Colt me miró por encima de su hombro con una sonrisa perversa. "Además, no lo sé tú, pero odiaría vivir toda mi vida perdiéndome la oportunidad de reírme mientras cabalgas una noche en el suelo duro escuchando a las otras personas follar".

Guio a dos caballos por sus correas hacia la cabaña de los recién casados. Puede que él no fuera con nosotros, pero estaba abasteciendo a los animales de los establos y necesitaba asegurarse de que los huéspedes estaban felices antes de que lo dejáramos antes de irnos a pasar el rato en el pueblo.

Gruñendo ante el recordatorio, tomé las riendas de los caballos de carga y deambulé detrás de él. "Hablas de un buen juego, pero yo hablo en serio, Colt. Este es nuestro momento para una búsqueda de alma real. Estoy tan apresurado por experimentar el rayo como lo estás tú, pero quizás deberíamos esperar otro año".

Dejó de caminar para que pudiera alcanzarlo. "¿Y hacer qué durante ese año? ¿Ponernos tapaojos para que no estemos distraídos de nuestra meta por tetas lujuriosas y traseros complacientes? ¿Y qué hacemos si esos tapaojos significan que no la vemos a menos de que esté de pie justo enfrente de nuestras narices? No es como que ella sabrá que se supone que está buscando a dos Príncipes Encantadores. Demonios". Se llevó la mano por el cuello otra vez, una señal que sabía que significaba que estaba frustrado. "Sí, quería que mi tierra fuese autosuficiente para este momento, pero tener un rancho no es una maldita escalera corporativa. No hay una fórmula para pagar tus cuotas de socio. Tú crees que yo soy el único que tiene un plan en marcha, pero eres tú quien se preocupa por eso por los dos. Como sea, escuchas todo sobre esos pobres bastardos que llegan a la cima y después miran alrededor solo para darse cuenta de que están de pie solos en ese pico de la montaña. Estaban tan concentrados en sus objetivos, que perdieron de vista su propia vida".

"Yo me paro en esos malditos picos de montaña como parte de mi trabajo todos los días prácticamente. Sé que no hay una mujer de pie a mi lado, a nuestro lado, mejor que tú".

Levantó una ceja oscura hacia mí. "Era una analogía, idiota. Solo estoy diciendo que estoy tan ansioso como tú de encontrarla".

Suspiré, continuando hacia la cabaña cerca del riachuelo.

"Demonios, lo siento. Tienes razón. No debí haberte cuestionado. Sé que los dos pensamos igual y estamos en el mismo lugar".

"¿La misma mente está teniendo desnuda a nuestra hermosa mujer entre nosotros, tomando uno de nuestros penes en su boca, el otro en su dulce vagina?", preguntó él.

Esa imagen caliente pasó por mi cabeza. "Sus senos serán un puñado perfecto y ese trasero, lujurioso y grande para agarrarlo".

"Para azotar una bonita sombra de rosado".

"Para entrenar y follar".

"Jodidamente cierto". Colt sonrió. "Por eso es que nuestra esposa—la mujer que quiera todo lo que dijimos tanto como nosotros—va a pensar que somos dioses en la cama".

"¿Dioses? Nah. Puede que la dominemos en la habitación, pero ella tendrá todo el poder. En el momento en que se dé cuenta de que la adoramos a sus pies, sabrá la verdad". Solo seríamos hombres, un par de vaqueros que sabían lo que querían y poseían la determinación de ir tras ello.

3

ℒ ACEY

"Oh, aquí hay uno bueno. 'Lacey y Chris en las Rocas'. Pero la mejor parte es lo visual. Hicieron esta estúpida O estilizada y la hicieron lucir como si una guitarra está dividiendo la O por la mitad. Espera, te voy a mandar una imagen".

Mi teléfono sonó mientras mi hermana me enviaba lo prometido. Presionando la función de altavoz para poder seguir hablando con ella, abrí la foto del titular de la revista y gruñí en voz alta. "¿Estos llamados periodistas no tienen nada de respeto propio? Esto es tan malo".

"Y apenas es la punta del témpano de hielo", continuó ella, y pude escuchar papeles chocando a través del teléfono. "Tengo un montón justo aquí, y cada uno de ellos está abarrotado de signos de exclamación y de interrogación. El estilo es enorme, como si la Tercera Guerra Mundial estuviera comenzando, no una actriz yendo de vacaciones. No sé por cuánto tiempo vas a ser capaz de esconderte antes de que algún reportero te rastree".

Salí de la puerta trasera abierta de la cabina y hacia el porche techado. Pasaba por alto el arroyo serpenteante que conducía hacia el alojamiento principal. Todo era verde, lujoso. Tranquilo. Excepto por el arroyo, el cual escuchaba toda la noche—al menos por los tres minutos que permanecía despierta cuando me metía en la cama tamaño gigante. Era el mejor sonido de fondo de todos los tiempos. El aire estaba caliente ahora, pero la noche estuvo fresca. Clima perfecto. Demonios, todo perfecto. Nadie sabía dónde estaba, no tenía compromisos, ninguna cámara me señalaba. Ningún fanático me gritaba. Tenía una cabaña en Montana destinada a ser para mi hermana.

"Afortunadamente, todo aquí está reservado a tu nombre. Gracias de nuevo, por todo esto", le dije a Ann Marie. "No puedo creer que renunciaste a tu luna de miel por mí". Eliminando el mensaje y el titular horrible, volví adentro y crucé la pequeña cabaña para mirar por la ventana que daba hacia el valle y el Rancho de Huéspedes del Desembarque de Hawk.

"Oh, ni siquiera me lo agradezcas. Yo debería estar agradeciéndote a ti. A pesar de que Mamá enloqueció conmigo por fugarme en vez de ir a esa cosa lujosa que planeó, dejará de matarme cuando regrese de Hawái una vez que se dé cuenta de que todo lo hice por ti".

Negué con la cabeza, riendo por primera vez en días. Nuestra madre no era la loca mujer que Ann Marie hacía que pareciera. Ella quería que su primer hijo tuviese la boda perfecta y puede que enfureciera un poco por esto, pero para mí, nada de esto era tan loco como algunas de las cosas con las que yo lidiaba. Unos pocos huéspedes extra—y el pastel de un novio con forma de armadillo—no hacían un desastre. No, un desastre era una revista de supermercado llena de mentiras sobre ti. Respiré profundo, lo dejé salir. Estaba en Montana donde nadie me podía encontrar. Era demasiado hermoso para hacer cualquier cosa que no fuese disfrutar las vistas. Me iba a olvidar de la tormenta de mierda esperándome cuando regresara a la realidad y esperaba que la peluca de cabello oscuro me hiciera un poco más incógnita.

"¿Entonces esa es la historia que vas a utilizar?", pregunté. "¿Hace dos semanas supiste que yo iba a tener un colapso personal e iba a necesitar un lugar para esconderme por una semana? ¿Y por eso, tú y Gabe decidieron coger un avión para Hawái y casarse allá para liberar el retiro rústico para mí? Sabes que, si intentas contarle esa historia a Mamá, exigirá saber cuánto tiempo tienes de retraso".

Me incliné para oler las flores blancas y fucsias en una jarra de vidrio. Guisantes dulces, pensé.

"Oh mierda, tienes razón", respondió Ann Marie. "Ni siquiera pensé en la fiebre de su nieto. Espera un segundo". La voz de mi hermana sonó en la distancia. "Hay, cariño, vamos a tener que dedicarnos más horas a hacer un bebé para hacer feliz a mi madre".

Gabe retumbó algo en el fondo, seguido por un momento más tarde por el chillido sin aliento de mi hermana y un ruido sordo que sonó como si el teléfono se hubiese caído.

Está bien, eso no podía ser nada más claro. Puede que ellos hayan reubicado su luna de miel desde esta idílica cabina a Hawái, pero todavía se estaban comportando como recién casados. Afortunadamente, cuando llamé a mi hermana después de ser recogida enfrente de mi casa—la casa de fiesta llena de sexo—ella tuvo el lugar perfecto para que me escondiera. Una semana antes, ella y Gabe se fugaron a Hawái, donde todavía estaban disfrutando de una luna de miel extendida. Su viaje original se suponía que debía haber sido en el Rancho de Huéspedes del Desembarque de Hawk —elección de mi madre, no de mi hermana. Como ellos decidieron fugarse tan cerca de la fecha de su boda, no podían cancelar y recibir un reembolso del rancho. No es como que a mi cuñado le importara, cuyos números de ceros avergonzaban a los míos. Él solo quería que mi hermana fuera feliz, y si abandonar una boda pagada y una luna de miel para escapar a una salida tropical la hacía feliz, entonces ningún precio era demasiado alto.

La actitud indulgente de Gabe hacia mi hermana funcionó a mi favor. Ella insistió en que yo tomara su cabaña de luna de miel. Era perfecta. Un lugar tranquilo reservado con el nombre de alguien más, y ni siquiera mi asistente sabía algo al respecto. Después de escuchar lo que había pasado, cómo él había follado a una rubia aficionada en mi cama, mi hermana, dios la bendiga, se hizo cargo de la situación mientras yo intentaba recuperarme de la implosión de mi vida. Ella hizo los arreglos para un auto rentado, de nuevo a su nombre, y poco después de que terminara nuestra conversación, estaba de camino a Montana.

Habían sido menos de veinticuatro horas desde que salí de mi casa de Los Ángeles sin decirle una palabra a nadie. En ese tiempo, Tessa envió cerca de doscientos mensajes entre textos, correos y mensajes de voz. Una parte de mí se sentía mal por ignorarla. Otra gran parte—una incitada y permitida por mi hermana—se aferró al hecho de que Tessa, por más amable que fuera, era mi empleada, no al revés. No le debía detalles ni a ella ni a nadie sobre mi destino. Hasta el próximo encuentro profesional, el cual estaba a dos semanas, mi tiempo era solo eso. Mío. Y no lo iba a compartir con nadie.

Incluso si eso significaba que Ann Marie me llamara aturdida por las últimas noticias falsas y los reclamos de que Chris había terminado las cosas conmigo en vez de todo lo contrario.

"¡Mierda, lo siento!" La voz sin aliento de mi hermana

volvió a la llamada. "Creerías que mi hombre va a aprender algo de autocontrol".

"O que tú aprenderías los límites de su control", bromeé, riendo. Sí, estaba completamente celosa de Ann Marie. No por Gabe. Él era genial y todo, pero era perfecto para ella. No para mí. No, yo quería a mi propio Gabe, un chico que fuera mi mejor amigo y también mi amante. Un hombre que me quisiera—no, me necesitara—con una desesperación y anhelo que solo viniera del amor. Quería a un chico que me agarrara mientras estuviera en el teléfono porque no podía evitarlo. "Estaba a punto de colgar y dejarlos a los dos".

"No, no. No he terminado contigo todavía", continuó ella. "Pero sí que tengo que ser rápida. El servicio a la habitación está aquí ahora mismo, pero tan pronto como se hayan ido, tengo que ir a otra ronda con el pene gigante".

"El gigante...está bien, ni siquiera voy a abordar eso". Tenía la mano arriba como si ella pudiera verme mostrándole que quería que se detuviera.

Mi hermana se rio otra vez. "Lo siento, tuve demasiadas pocas mimosas en el desayuno. Está bien, entonces escucha. No más revistas. Relájate. Disfruta. Te envié por correo una copia del itinerario que habíamos planeado, pero debería haber una copia en papel en algún lugar de la cabina. Como no cancelamos, todo sigue en pie. Masajes, paseos a caballo, todo eso".

"Sí". Me di vuelta sobre mis pies descalzos y fui hacia la pequeña mesa del comedor, levanté el trozo de papel con el itinerario, el logo del Desembarque de Hawk en la parte superior. "Lo encontré cuando llegué aquí. Mientras tú estás disfrutando tus sábanas fabulosas del resort Hawaiano y el pene gigante del esposo bombón, yo voy a estar montando un caballo en el pueblo de Montana. No es de extrañar que te hayas ido".

Por qué Ann Marie quería montar algo además de Gabe

en su luna de miel se me pasaba por alto. Caminé de vuelta a la ventana, observé un halcón atravesar el cielo azul.

"Mamá pensó que sería romántico…o algo". Habló en un tono que me hizo pensar que también estaba poniendo los ojos en blanco. "No lo sé. Ella también sugirió que fuéramos a acampar, pero veté esa opción. Quizás ella pensó que, si nos enviaba de luna de miel a una tienda pequeña, obtendría a su nieto incluso más rápido. Ese pene monstruoso y todo".

"Está bien, tienes que dejar de poner esas dos palabras juntas. ¿Mamá y pene monstruoso? ¿Cómo la voy a mirar a ella o a Gabe en Navidad? Hablando de eso, llámala por mí y dile que estoy viva y que nada en los periódicos es cierto".

"Seguro".

Movimiento en la distancia captó mi mirada y olvidé todo sobre el pene de mi cuñado mientras un vaquero de piernas largas pavoneándose apareció en mi vista, llevando a dos caballos.

Mi hermana siguió hablando, pero ya no estaba escuchando. Mientras más se acercaba el vaquero, más podía apreciar su apariencia. Era alto y larguirucho, de hombros anchos y cintura estrecha. Llevaba una camisa al estilo oeste con botones abrochados que brillaban en el sol de la tarde. Y un sombrero de vaquero. A la mierda. Él era un vaquero hermoso como Dios manda. El Desembarque de Hawk era increíble, teniendo vaqueros hermosos caminando por ahí. Podían ser extras de películas cualquier día.

Él era todo lo opuesto a Chris. No es como si alguna vez me hubiese gustado él—Tessa tenía más una fijación con él de lo que yo lo había hecho—pero Chris era pálido y mientras que antes había creído que él era musculoso, el vaquero lo puso en vergüenza. Estos no eran músculos de gimnasio. El vaquero se había ganado su físico con trabajo, probablemente en el exterior si su bronceado era algún indicio. Él simplemente exudaba...masculinidad y mis ovarios se despertaron en el instante.

La boca se me secó y mis bragas se pusieron húmedas tan solo comiéndomelo con los ojos. De la nada salió una imagen de mis dedos bailando hacia arriba y abajo de esas líneas de botones y abriendo la camisa para desnudar ese pecho ardiente de vaquero. Demonios, sí. Si este era un escape, entonces mi mente se podía tomar unas vacaciones de la realidad.

No era una fantasía en la que me hubiera entregado antes, pero me gustaba la innovación de esta. Me gustaba bastante.

"¿Lacey? ¿Todavía estás ahí?" La voz alta de Ann Marie salió a través del altavoz. No recordaba haber bajado mi mano a mi lado, pero levanté el teléfono hacia arriba otra vez.

Aparentemente, los hombres ardientes me hacían perder las neuronas porque perdí el hilo de la conversación con mi hermana. Sacudiendo la cabeza, retrocedí de la ventana y me di una palmada en la mejilla caliente. Bajé la mirada. Sí, mis pezones estaban duros debajo de mi camiseta. "No te vas a creer esto".

"¿Qué?"

Tragué saliva.

"¿Qué?", gritó ella.

"El vaquero más sexy que ha existido en el planeta", susurré, aunque había cero posibilidades de que él me pudiera escuchar hablando sobre él. Estaba demasiado lejos. "Puedo verlo desde mi ventana".

"¡Oh Dios mío!"

Fui hacia el espejo por la puerta abierta—el clima estaba demasiado genial para estar encerrada—y me miré a mí misma. Me quedé sorprendida por un segundo por mi cabello oscuro. Era mi color natural, pero había estado teñido de rubio para mi papel en la serie de vampiros. Asumí que sería por una temporada, pero el programa se había vuelto un éxito y tuve que mantenerlo claro desde entonces.

Hasta la noche anterior. Hasta que hice que el chofer se detuviera en una farmacia para comprar el color nuevo antes de que me dejara en el rancho de huéspedes. Hasta que pasé una hora en el baño para cambiarlo. Los productores me podían conseguir una peluca para el programa. Estaba cansada de los constantes retoques.

Así que sí, nuevo color de cabello, pero el desastre estaba enredado y recogido en una cola de caballo descuidada. Sin maquillaje. Camiseta y pantalones. Oh sí, ellos querrían un trozo de esto.

"¡Qué! Lacey, atrevida. Cuelga esta llamada y ve a buscarlo. ¡Lleva condones! Te estás quedando en una cabaña de luna de miel, debe haber suplementos guardados en algún lugar cerca de la cama. Y pídele que lleve a un amigo. Tiene que haber más de un vaquero ardiente en Montana. Quizás incluso un poco de lubricante porque querrás tener un amorío con dos de ellos".

"Ann Marie Leesworth", reprendí, mis mejillas poniéndose calientes ante lo que ella estaba insinuando.

"Ahora es Sra. Townsend", reprendió ella de vuelta. "Eres una mujer completamente adulta que solo ha tenido sexo en las revistas en qué… ¿años? Si quieres tomar a dos vaqueros ardientes, entonces ve por ello. Y me refiero a acción por la puerta trasera también".

No quería pensar en la razón por la que mi hermana me estaba presionando a tener sexo anal. No había ninguna manera de que este chico quisiera "acción por la puerta trasera" conmigo luciendo como lo estaba. Era demasiado sexy como para no tener novia. O esposa.

"Probablemente está casado", contesté.

Hubo un golpe en la puerta abierta y me di media vuelta. Ahí pude ver la silueta de un vaquero. No podía ser el vaquero que había visto en la distancia. Ni siquiera un corredor olímpico era así de rápido. No, este era otro. Y sabía que él era un vaquero porque su cuerpo era grande, ancho y no pude evitar ver el relieve de un sombrero de vaquero.

La silueta se aclaró la garganta, dio un paso atrás hacia el porche pequeño para que pudiera verlo.

A la mierda.

"Yo no estoy casado", dijo él, su voz profunda y bastante suave.

"Oh dios mío", murmuré.

El chico que había estado mirando por la ventana, que cuando incliné la cabeza a un lado, todavía estaba caminando en mi dirección. Sí, caminando.

Él era moreno, mientras que el otro que me había sorprendido era rubio. El que estaba en la distancia era como un corredor, este chico era más sólido. ¿Y sus antebrazos? Santo cielo, estaban bronceados y llenos de músculos. No miraría sus manos y pensaría en lo que podían hacer con ellas.

"Lo siento, no quise asustarte".

¿Asustarme? Demonios, él no solo hizo que mis ovarios se despertaran, sino que ovulara. Él era así de viril.

"Está bien". ¿Qué más podía decir? No podía estar molesta con él porque iba a aparecer en todas mis fantasías desde este preciso momento. Salí hacia el porche con él.

"Yo soy Micah con las Aventuras de Bridgewater". Se quitó su sombrero y tendió su mano. Oh sí, definitivamente tenía un fetiche con las manos. Estaba cálida y sus dedos fueron amables mientras agarraba mi mano. "Estoy aquí para llevarte a montar en el pueblo". Liberó su agarre y se volteó para mirar por encima de su hombro. "Ese es Colt y tiene nuestros caballos".

"¿Qué está pasando?" Me había olvidado de mi hermana

en el altavoz, incluso que estaba sosteniendo mi teléfono. Levantándolo de vuelta a mi boca, dije: "Voy a tener que llamarte más tarde".

"Oh no. ¿Es el vaquero ardiente?"

Esperaba que el suelo del porche se abriera y que hubiese un agujero gigante que me tragara. Mis mejillas se sonrojaron y Micah sonrió. Su ceja oscura se levantó.

"No".

La otra ceja de Micha se levantó, obviamente ofendido de que no lo había llamado ardiente a él.

"Quiero decir, que ...son dos".

Su sonrisa creció mientras me redimía a mí misma".

"¿Son dos?"

"Sí, y necesito hablar con ellos".

"No, yo necesito hablar con ellos", contestó ella.

"No, tú no lo necesitas".

"Lacey Leesworth", regañó ella.

Micah frunció el ceño, miró al número de la cabaña al lado de la puerta. "Lo siento, se supone que debo llevar a los Townsends".

"¡Esa soy yo!", dijo Ann Marie.

El otro vaquero, el que Micah dijo que se llamaba Colt— un nombre perfecto para vaquero—enrolló las cuerdas de los caballos alrededor de la barandilla del porche y se movió para ponerse de pie al final de los escalones. Se quitó el sombrero y el sol brilló en los mechones oscuros.

"Este es Colt Benson. Él es el capataz aquí en el Desembarque de Hawk", dijo Micah como una forma de presentación. "Él trajo los caballos para el viaje del día".

"Señora", dijo Colt, ofreciendo un ligero asentimiento con la cabeza. Me estaba mirando abiertamente y sentí que mi corazón dio un salto.

"¿Quién es ese?", preguntó Ann Marie.

Puse los ojos en blanco. "El otro chico del que te estaba contando", respondí a través de dientes apretados.

"¿El otro vaquero ardiente?"

Colt lucía levemente sorprendido por permanecer callado.

"Voy a colgar ahora", dije, muriendo lentamente.

"¿Esa es la Sra. Townsend en el teléfono?", preguntó Micah señalando.

Asentí, me puse una mano en la cara, me froté los ojos.

"Eso es correcto", se metió Ann Marie por el altavoz. "Ha habido un pequeño cambio. Mi esposo y yo nos escapamos a Hawái así que mi soltera y muy disponible hermana va a tomar nuestro viaje".

Los dos Colt y Micah miraron el teléfono en mi mano.

Iba a matar a mi hermana. "Ann Marie", gruñí.

"¿Qué? Estás soltera y estás muy disponible. Y tú dijiste que ellos son muy ardientes".

Miré al dúo que ahora sonrió ampliamente.

"¿Todavía quisieras ir a montar a caballo?", preguntó Micah. "No tienes que traer los condones". La boca se me cayó mientras se inclinó, después susurró: "Yo siempre traigo unos conmigo. Pero si estás interesada en un poco de acción por la puerta trasera de la que estabas hablando, entonces definitivamente trae el lubricante".

"¿Acaba de decir él que tiene condones? ¿Y qué hay del lubricante? Oh, él es precavido. Micah, mi hermana necesita echar un polvo y tú y tu amigo tienen que ayudarla con eso".

Colt se aclaró la garganta. "Me uniré a ustedes, para que eso pueda estar arreglado". Guiñó un ojo, suavizando sus palabras.

Micah sonrió incluso más ampliamente ante esa aseveración y mis ojos se incendiaron con la idea de hacer cualquier cosa con los dos.

Presioné el teléfono contra mi pecho para ahogar lo que

sea que Ann Marie fuese a decir. "¿Los dos me disculpan por un minuto?"

No les di chance de responder, pero no pude evitar escuchar la forma en que se estaban riendo silenciosamente mientras me daba media vuelta.

Cerré la puerta detrás de mí, después me recosté contra esta. Suspiré mientras presioné el botón del altavoz y me puse el teléfono en la oreja.

"Ann Marie. Te voy a matar", susurré, bajando la voz.

"¿Qué? No era como si tú sola les ibas a decir".

"¿Decirles qué?", contesté. "¿Preguntarles si están solteros y si les gustaría hacer cosas vulgares y posiblemente ilegales conmigo?"

"Sí".

"¿En un paseo a caballo?" Me reí ante eso, la visual, bueno... "Me reconocerán en primer lugar. Querrán follar a una estrella, no a la verdadera yo".

"Ellos no te reconocieron. No escuché ninguno de los agasajos usuales ni sorpresa".

No respondí porque tenía razón. Ninguno de los chicos me miró con la mínima pizca de reconocimiento. ¿De verdad no me conocían o eran buenos actores?

"No todos los chicos son unos idiotas, hermana. Además, si ellos sí te reconocieron y quieren follar a una estrella, como tú dijiste, tú los estarás usando a ellos también. Ve por ello. Folla a los vaqueros ardientes. El primero sonaba más que listo. Lleva a esos penes grandes a una montada salvaje. Úsalos toda la noche".

"Es un paseo de tres horas", respondí.

"Sí, y mira lo que le pasó a Gilligan y a los otros".

Cerré los ojos y me reí a pesar de mis ganas de atravesar el teléfono y estrangularla. No pude evitar recordar las repeticiones de la Isla de Gilligan, el programa de televisión de los 60 que solíamos ver juntas cuando éramos niñas.

Me di otra mirada rápida en el espejo a mí misma, gruñí. "Esto es una locura".

"Una locura es no aprovechar la situación. Si son chicos amables y tan ardientes como dices, ve por ello. Eres una mujer adulta. Hazte cargo de tus orgasmos". Se rio. "O haz que ellos se hagan cargo".

No estaba segura de si podía hacer lo que ella estaba proponiendo. Sí, la estrella famosa hacía todo tipo de cosas salvajes, pero la verdadera Lacey no era muy aventurera. "Estás diciendo que lo que pasa en Montana, se queda en Montana".

"Seguro. Mereces divertirte un poco. Y un completo montón de esos orgasmos inducidos por un hombre. Solo acércate a ellos en la pausa para almorzar". Escuché a Gabe decir algo al fondo. "Gabe dice que montes a esos vaqueros. Está bien, aléjate de este teléfono y vayan juntos a pasear. La próxima vez que hable contigo, quiero detalles. Montones de ellos".

"Hablar sobre eso contigo es una cosa. No puedo irme y tener un amorío en el medio de la nada con dos vaqueros. Además, este es su trabajo. Yo soy un cliente. Creo que Gabe te ha follado la cordura".

"No todavía no lo ha hecho", dijo mi hermana sugestivamente. "Y esos dos vaqueros deberían ir a follarte tu cordura".

"Oh, señor. Está bien, voy a colgar la llamada, y no para empacar condones y lubricante. Si hiciera algo como eso y la prensa lo descubriera, sería un desastre".

Suspiró. "Lacey, estás en el medio de Montana, no caminando por la Avenida de Hollywood. Son condones. No drogas. ¿Y lubricante? Demonios, si son tan ardientes como dices, toda mujer en América espera que te lo hagan en equipo".

"¡Ann Marie!", grité, después me mordí el labio. ¿Sexo

grupal con esos dos vaqueros? A mi vagina le gustaba la idea. No es como si alguna vez hubiese hecho algo como eso, pero quería ser aventurera. ¿Y esos dos? No tenía duda de que tenían penes monstruosos debajo de esos pantalones bien gastados y ajustados que llevaban.

"No hay ninguna prensa. Nadie se está escondiendo detrás de un árbol. Ese es todo el punto de esta aventura. Nadie sabrá si decides hacer algo salvaje".

"Las personas lo sabrán". Fruncí el ceño. "Ellos siempre lo hacen".

"Sí, bueno, no me importa, y honestamente, a ti tampoco debería importarte. Voy a colgar ahora. Tú, diviértete. ¡Y usa condones! Montones de ellos".

4

OLT

A la mierda.

La primera vez que vi a la mujer en el porche, me pregunté si la belleza era una de las recién casadas que iba con Micah. Estaba sorprendido de que su esposo la dejara vestirse. Si ella fuera mi esposa, nunca la dejaría ponerse ropa. Demonios, nunca la dejaría salir de la cama.

¿Y en paseo de día dentro del establecimiento? Sí, su hombre no la merecía si no la follaba encima de una roca. Me compadecí de mi amigo. Sería una tortura saber que ese hermoso cuerpo estaba siendo follado…por alguien más.

Mientras amarraba las riendas en las barandillas del porche, mis ojos estaban adheridos a ella, apreciando cada centímetro de su cuerpo; desde el cabello oscuro, amarrado hacia atrás en una cola alta que caía sobre uno de sus hombros a las ardientes puntas de sus dedos desnudos de los pies y cada centímetro lujurioso en el camino.

Con el cielo de un azul celeste brillante y ninguna nube en el cielo, fui sorprendido por ese maldito rayo. Estaba bastante seguro de que le había dado a Micah también. Irónico que acabábamos de hablar de eso y entonces...boom.

Esta mujer, maldición. Mis malditos instintos de Bridgewater finalmente decidieron aparecer y ella estaba casada.

No era impresionante como una modelo, lo cual estaba bien para mí. No me gustaba una mujer que fuera alta como una jirafa y ridículamente delgada. No, esta mujer comía más que ensaladas porque sus curvas, cada una de ellas, eran perfectas para mis manos. Los pantalones que llevaba eran ajustados, resaltando sus piernas largas, pero tan ajustados. Su camiseta, sin embargo, hacía muy poco por esconder sus pezones duros. Me mordí el labio mientras me quedé mirando esas puntas apretadas. Llevaba un sujetador, pero sus pezones parecían tener una mente propia. Ella parecía notarlo porque se cruzó los brazos por encima de su pecho perfecto y se ruborizó de un bonito rosado.

Atracción instantánea. Demonios, había visto mujeres lindas antes, pero esto era...visceral. La lujuria estaba ahí definitivamente. Solo estaba contento de que tenía las barandillas del porche bloqueando su vista del frente de mis pantalones.

Cuando comencé a prestarle atención a la conversación, llegué a soltera y disponible. Aparentemente, la mujer en el teléfono—no la que estaba de pie delante de nosotros—era la que se suponía que debía estar con Micah, pero se había escapado a Hawái en vez de eso. En vez de ocuparse con su nuevo esposo, estaba emparejando a su hermana. Con Micah y conmigo. Yo no era de emparejamientos, pero como ella era La Indicada y Micah mencionó condones, después lubricante, estaba metido en ello por completo. Parecía que Micah también.

Definitivamente me perdí parte de la conversación.

No había planeado nada más que entregar los caballos para el paseo, pero de ninguna manera me iba a ir a enmarcar cuando ella estaba cerca y mencionaron lubricante. Y cuando su hermana dijo que ella necesitaba echar un polvo, yo estaba bien con eso. Una pequeña broma juguetona era una forma fácil para acceder a su disposición.

Su vergüenza no se podía ocultar y cortésmente se metió de vuelta en la cabaña, con la puerta abierta para obviamente gritarle a la otra mujer. Eso no significaba que ella no quería follar a dos vaqueros calientes en sus vacaciones, sino que era obvio que era algo que no hacía todos los días. No, ella no parecía como alguien que se acostaba con cualquiera.

Miré a Micah.

Él solo sonrió.

Subí las escaleras y quedé más cerca de Micah. "¿Condones?", pregunté, manteniendo la voz baja.

Estaba sonriendo mientras volteó la mirada de la puerta cerrada. "Tú escuchaste a la hermana. Lacey necesita ser follada. ¿Es por eso que decidiste unirte a mí?"

Lacey. Nunca escuché su nombre. Era lindo. Diferente. Le quedaba a ella.

Me acerqué hacia abajo, moví mi pene. "No puedes tenerla toda para ti solo. Ella es…increíble. Quiero follarla, pero quiero más que eso con ella".

"Jodidamente cierto". Inclinó su barbilla, se frotó la barbilla con su mano, la barba chirriando. "Ella es la indicada".

Estaba de acuerdo y estaba contento de que él se sintiera igual. "¿Por qué demonios la hermana está jugando a emparejarla? Lacey debe tener a hombres cayendo a sus pies".

Nosotros lo estábamos.

La puerta se abrió y Lacey salió hacia el porche. La brisa suave trajo su aroma. ¿Melocotones? Ahogué un gruñido mientras me preguntaba si todo de ella era tan dulce.

"lo siento mucho por lo de mi hermana", dijo ella, su voz tentativa. Sus mejillas estaban sonrojadas de rosado y sus ojos se encontraron con los nuestros, después los apartó. "Ella es un poco atrevida".

"Eso está bien", dijo Micah, poniendo una mano en la barandilla del porche.

"Estoy un poco avergonzada", admitió ella, negada a mirar a cualquiera de nosotros.

Me acerqué un poco más, recorrí su brazo con mis nudillos. "Hay, no lo estés. No hay nada malo con una mujer que sabe lo que quiere. Si eso somos Micah y yo, nos proponemos a complacer".

Cuando ella finalmente…finalmente levantó la barbilla hacia arriba para mirarme, esos ojos oscuros sostenían una mezcla de cautela y travesura ansiosa.

"Ustedes…ustedes no saben quién soy, ¿cierto?"

Fruncí el ceño, pero Micah habló. "Hasta que compartiste tu nombre, pensé que eras Ann Marie Townsend".

"¿Deberíamos saberlo?", pregunté. Ella no era una novia del pasado. A pesar de que había tenido más que unas cuantas, no era tan imbécil como para no recordar como lucían.

Se encogió de hombros. "No".

No pude evitar notar la forma en que pareció relajarse delante de nuestros ojos. Sus hombros perdieron la tensión y soltó una pequeña risa y eso hizo que sus ojos brillaran. Sí, un maldito brillo. No había usado la palabra "brillante" para describir nada en mi vida. Hasta ahora.

"Creo que hay algo que tenemos que quitar del camino".

Su ceja delicada se levantó. "¿Oh?"

Asentí, me metí en su espacio personal. Instintivamente, dio un paso atrás. Me moví otra vez y la llevé de espaldas hasta que chocó con los tablones de madera de la cabaña. "Oh", jadeó ella.

Coloqué una mano por su cabeza, la otra quitó su cabello de su rostro. "Te voy a besar".

Quería darle una advertencia justa, así que si quería decir que no, podía hacerlo. Yo no besaba—ni hacía nada más—con una mujer que no estaba dispuesta, pero sabía que ella lo deseaba. Lo veía en sus ojos, la forma en que sus mejillas se sonrojaron incluso más brillante. Lentamente bajé la cabeza, observé sus labios separarse en sorpresa.

Era tan suave, su boca llena y flexible. Pasé mi lengua por su labio inferior, la saboreé. Cuando su lengua salió para encontrarse con la mía, gimió. Sí, era tan dulce como lo imaginaba. Sus ojos estaban nublados con deseo cuando levanté mi cabeza. No me moví, solo esperé a que se recompusiera a ella misma.

"Ahí está. No más vergüenza. Tu interés es recíproco".

"Hay, ¿qué hay de mí?" Escuché decir a Micah detrás de mí.

Ella sonrió y se levantó de la pared, dejó que Micah la viera, que tuviera su turno.

Él torció su dedo y ella caminó hacia él. Ah, dulce y ansiosa por complacer. Colocando un brazo por su cintura, Micah la levantó y la puso de puntillas para besarla por él mismo. Cuando él finalmente levantó su cabeza, frotó su nariz contra su mandíbula y la bajó lentamente al suelo.

"Busca el teléfono de la casa y cancela el paseo", dijo Micah, su voz una octava más baja que antes. Sí, él estaba tan afectado como yo. Y por solo un jodido beso.

Ella frunció el ceño, se puso los dedos en los labios.

"No te preocupes, Lacey, igual vamos a ir. Yo no beso—ni hago otras cosas—con mis clientes. Cancela y después iremos a dar un paseo".

Ella me miró. "Yo estoy fuera de horario. Me dirigía a casa hasta que te vi. Dulzura, ve a montar con nosotros y quizás, si todavía estás interesada, puedes subirte a nuestros penes e ir por tipo diferente de montada más tarde".

Asintiendo una vez, fue hacia adentro. La escuché escuchando en el escritorio de enfrente, pero miré a Micah. Se movió el pene. "Demonios, sí".

No respondí porque ella salió otra vez.

"Está bien. Iré con ustedes".

Micah sonrió. Ampliamente. "¿Alguna vez has montado un caballo?"

"¿Alguna vez has montado a un vaquero?", añadí, con un guiño de ojos.

Ella se mordió el labio—el labio que ahora sabía que era suave y abultado—apartó la mirada, volvió a mirar. Levantó su barbilla y nos dio una sonrisa pícara a los dos. "Soy básicamente una chica de la ciudad, pero no me molesta ensuciarme un poco".

Santos. Cielos. Mi pene pasó de una semi erección a listo para follar con esa única oración. Micah se aclaró la garganta. No tenía ninguna duda de que él estaba pensando lo mismo. La miré toda de nuevo. Aprecié cada centímetro de ella porque quería ponerla muy, muy sucia y sabía que le gustaría. No, ella lo amaría.

"Bien. Bueno", dijo Micah. "Si eres nueva en esto, no te preocupes, estarás en buenas manos". Me miró, dándome la entrada perfecta.

"Eso es cierto", añadí. El rayo había golpeado y ella no estaba casada. Ni esposo, ni novio. No estaba reclamada. Todavía. Y de ninguna manera iba a dejar que Micah se fuera al bosque a solas con ella. La enmarcación de la casa podía esperar. Era como si el Destino hubiese intervenido y nos hubiese dado esta oportunidad. Para hacer a Lacey La Indicada. "Micah y yo nos aseguraremos de que tengas una aventura que nunca olvidarás".

* * *

LACEY

Quienquiera que inventó las camisas de botones era un genio porque quería agarrar el frente de sus camisas y abrirlas por completo.

Romper.

Romper.

Romper.

Hasta que sus pechos sólidos y abdominales duros como una roca estuviesen expuestos y pudiese llevar mis manos por todos ellos.

Ellos. Los dos chicos.

Incluso después de que aparté ese pensamiento, otro se metió en mi cabeza. Qué tantos condones estaban almacenados en la cabaña de luna de miel. ¿Y lubricante? Sí, puede que necesitara meter eso en mi bolso también. A pesar de que estaba avergonzada por Ann Marie y su emparejamiento, ella tenía razón. Los besos--¡de los dos! —sellaron el trato. ¡Sellado con un beso! Intenté reprimir una risa ante eso.

Mis pezones estaban fuera de mi control y tuve que cruzar mis brazos para cubrir su mal comportamiento porque no eran solo mis ovarios que estaban levantándose y haciéndose notar.

Micah era el de cabello rubio y Colt el de cabello oscuro. La mandíbula cuadrada de Colt estaba recién afeitada, su cabello corto y peinado. Él era casi un pie más alto y un pie más ancho que yo. Mientras que no daba miedo, ciertamente era imponente, hasta que su beso y la sutileza de sus manos calmaron cualquier preocupación. Sus ojos oscuros penetrantes me recorrieron toda en una forma que tenía mi piel acalorada. Mis labios temblando. A pesar de que era un empleado del Desembarque de Hawk, me estaba mirando como un hombre. Un hombre interesado en una mujer. En todo lo que vio.

Micah parecía un poco más relajado, rápido con esas sonrisas directas a mis bragas. A pesar de que no me estaba mirando como si fuera una presa, no pude evitar ver el resplandor acalorado. Especialmente después de que le dije que no tenía ni esposo ni novio.

Lo que más me atraía era que ellos no tenían idea de quien era yo. Ni una señal de reconocimiento, solo calor. So tartamudeos o pausas de sorpresa. Ni siquiera un "te ves más pesada en persona" lo cual me decían la mayoría de los fanáticos masculinos. Nada. Ellos me querían a mí. La verdadera yo.

Cuando Micah me tendió una pequeña lista de artículos que debía traer y entré a empacarlas en el pequeño bolso que me proporcionó, me senté en el borde de la cama. Ellos no sabían quién era yo.

Para ellos, yo solo era Lacey, hermana de la novia que no apareció. No la actriz que supuestamente fue dejada por su novio estrella de rock.

Colt dijo que prometían un paseo que nunca olvidaría. Basado en las miradas que me dieron, los besos, y el atento nada sutil de Ann Marie para conseguirme sexo, sabía que había un gran montón de significado escondido—y lubricante—involucrado. No pudieron haberse perdido mis pezones duros. Gruñí y bajé la mirada. Ahora se comportaban. Y ellos sabían que me gustaron sus besos. Los dos. Oh dios. Dos hombres.

Negué con la cabeza, después miré la lista. Estaban esperando por mí, caballos listos para ir a una pequeña aventura. Aparte del hecho de que estaba yendo con dos chicos extremadamente calientes, no me podía desaparecer más del mapa. Sin teléfonos, sin cámaras. Nada. Puede que este no sea el retiro que Tessa había tenido en mente, pero demonios, cuando Dios me daba dos vaqueros ardientes, yo iba a pasear a caballo en Montana.

Me puse de pie, agarré mi suéter, un impermeable, protector solar y las otras cosas en la lista de Micah. Miré a la mesita de noche, respiré profundo, agarré los condones y sí, el lubricante.

5

ACEY

De alguna manera, había llegado hasta los veintiséis años sin subirme a un caballo. Estaba bien con eso, no me había parecido remotamente interesante. Estaba completamente equivocada. Lo estaba disfrutando un montón. Por supuesto, nunca me imaginé montando entre dos hombres Marlboro—menos los cigarros y diez veces el atractivo sexual—tampoco. Eso hacía toda la diferencia. Prácticamente estaba babeándome con la forma en que sus muslos fuertes eran descaradamente visibles debajo de sus pantalones. Sus caderas se meneaban con el movimiento suave de los caballos y me tenía preguntándome qué más podían hacer con ellas. No los caballos, sus caderas. ¿Y sus manos sosteniendo las riendas?

No tenía idea de que tenía un fetiche con las manos hasta ahora. Definitivamente noté la falta de anillos de boda. Pasé la primera hora comiéndomelos con los ojos silenciosamente. Tuve que esperar que estuvieran pensando que solo estaba apreciando el paisaje hermoso. Lo estaba, pero no el paisaje hermoso que estaban pensando.

Sí que comencé a apreciar las montañas, el valle verde brillante con lugares de flores salvajes coloridas. El sol caliente que se estaba filtrando a través del movimiento rápido de las nubes, el aire fresco. La paz.

"¿De dónde eres, Lacey?", preguntó Micah, rompiéndome de mis pensamientos. Habían estado callados desde que nos fuimos del rancho, aparentemente contentos sin ningún tipo de pequeña charla. Además de algunas miradas acaloradas y Colt ayudándome a subirme sobre el caballo con un poco más de atenciones de lo necesario, los besos no fueron mencionados y ellos no habían hecho nada más evidente.

Volteé la cabeza. El sombrero de vaquero de Micah estaba bajo sobre su cabeza, bloqueando los rayos del sol, pero sus ojos oscuros estaban sobre mí, esperando.

"Los Ángeles".

"Nunca he estado", respondió Micah. "He escuchado que el tráfico es malo".

Aquí afuera, con las flores salvajes y la brisa suave, Los Ángeles parecía tan lejos. "Tráfico malo, personas molestas. Simplemente ajetreado. Pero hay un clima mejor".

"¿Que este?", preguntó Colt, levantando una mano de sus riendas para señalar el día hermoso.

Miré arriba hacia el cielo, vi un pájaro volando pasar. "Esto es espectacular. Apuesto que los inviernos son bastante fríos y están atrapados adentro bastante tiempo".

"Estar atrapado no es tan malo si estás con la persona correcta".

Me moví en mi silla de montar, pensando en estar atrapada con Colt. "¿Los dos son de Montana?", pregunté, intentando continuar la pequeña charla. Me gustaba lo que veía de ellos dos, pero si lo dejaba así—sus buenas apariencias—

entonces no era mejor que mis fanáticos; codiciando por la superficie y no conociendo a la persona por dentro.

"Somos hombres de Bridgewater, de pies a cabeza".

Pasé por Bridgewater desde el aeropuerto. Un pueblo pequeño y pintoresco muy parecido a una postal del oeste. "Parece un buen lugar para crecer. ¿Sus familias están aquí?"

Micah usó su dedo para levantar un poco su sombrero. Su rostro estaba menos en la sombra y podía ver mejor sus ojos pálidos. "Mis padres están en Bridgewater. Mi hermano vive en Helena".

"Mis padres se mudaron a Texas hace unos años", añadió Colt.

"¿Entonces viven en el pueblo?" Pensé en Ann Marie y nuestra conversación, me mordí el labio, después mordí la bala y busqué la respuesta por la que me había estado muriendo. "Con sus... ¿con sus esposas?"

Bajé la mirada a mis manos, nerviosa de mirar sus rostros. Estaban callados. Era una idiota. Dios, ¡demasiado idiota!

"¿Estás preguntando si tenemos a una mujer en nuestras vidas?", preguntó Colt.

Fruncí un poco el ceño, confundida por sus palabras. Me encogí de hombros, con miedo de decir más.

"Está bien. Tienes derecho de saber", añadió él.

Lo miré, fruncí el ceño. "No. No lo tengo. No es asunto mío. Me disculpo. Estaba intentando tener una pequeña charla y yo...bueno, debí haber preguntado por el clima o algo".

El viento sopló entonces y tiré de mi gorra de béisbol más abajo. Me la había puesto más temprano para cubrir mis ojos del sol brillante, pero este se había escondido detrás de las nubes.

Micah se rio, apartando mi atención de Colt.

"Lacey, te besamos. No haríamos eso si estuviésemos con

alguien más. No estamos casados", dijo él. "No hay novia. Hemos estado esperando que llegue la mujer adecuada".

Asentí. Definitivamente entendiendo. Si yo fuera Ann Marie, me hubiese reído de esto por completo, dicho alguna respuesta ingeniosa y seguía adelante. ¿Yo? Me sentía tonta. "Puedo entender eso. Entonces…está caluroso hoy".

Fue el turno de Colt de reírse. "No tienes que hablar sobre el clima. Después del beso que compartimos, nos puedes preguntar lo que sea".

Me mordí el labio, mis pensamientos tomaron un rumbo realmente travieso. ¿Siempre iban detrás de la misma mujer? ¿Les gustaba un poco rudo y salvaje? ¿Eran tan dominantes en la cama como parecían serlo afuera? "¿Lo que sea?"

"Lo que sea", repitió él, esta vez su tono un poco más serio. "Tomaremos turnos".

Miré entre los dos, vi sus posturas relajadas, sus sonrisas tranquilas. No estaban avergonzados como lo estaba yo, así que lo dejé ir. Respiré profundo, sonreí. "Seguro".

"Yo iré primero", dijo Micah. "Una fácil. ¿Qué haces para vivir?"

Me mordí el labio. No mentiría. A pesar de que estaba disfrutando ser anónima, no iba a ser algo que no era. "Soy actriz".

"¿Películas?", preguntó Colt.

"No". Yo no hacía películas. Esa era la verdad. "Mi turno". Mantuve la mirada en Colt. El viento estaba más fuerte ahora, movió mi cola de caballo. Quería preguntarle si le gustaba una mujer encima o si le gustaba follarla desde atrás —cualquiera estaba bien para mí— pero no. Me quedé con la pregunta vainilla. "Eres el capataz del rancho de huéspedes. ¿Qué implica eso?"

"Superviso toda el área no hospitalaria del Desembarque de Hawk. Establos, animales, tierra".

Ese era un trabajo grande. Un montón de responsabilidad. Basado en lo que vi del rancho de huéspedes, estaba bien llevado y la propiedad era hermosa. El caballo en el que estaba parecía...entrenado.

"¿Esto es lo que siempre quisiste hacer?"

"Sí, pero en mi propio rancho. Pero eso son dos preguntas", respondió Colt. "Mi turno".

"No, no lo es", contestó Micah. "Le preguntaste si estaba en las películas".

Colt suspiró. No pude evitar la risa mientras peleaban por mí.

"Estás actuando. ¿Has estado en algo que conozcamos?", preguntó Micah, después miró el cielo.

"Claramente no", respondí. Como no me reconocieron, no estaban familiarizados con el programa de los Cazadores. "Asumo que no ven televisión". O leen las revistas. No lo dije como una pregunta y ambos hombres sacudieron sus cabezas.

"Demasiado ocupado y odio los comerciales", respondió Micah y Colt estuvo de acuerdo. "Con mi compañía, estoy afuera todo el tiempo, incluso en el invierno".

Tenía sentido. Conocía a un montón de personas que no veían televisión, incluyéndome a mí misma. Transmitían películas quizás. "Bueno, les dejaré saber que soy una actriz muy famosa".

Micah inclinó su cabeza, me estudió. Dije toda la verdad. Mientras que el tono pudo haber sido interpretado como sarcástico y destinado a parecer una total mentira a pesar de que era completamente cierto, él parecía estar decidiendo algo sobre mí. Y no tenía nada que ver con ser una actriz famosa.

"Bien por ti". Eso fue todo lo que dijo.

La boca se me cayó y no estaba segura de qué pensar. "¿Eso es todo?", pregunté. No podía evitarlo. "¿No quieren saber sobre Charlize Theron o si tengo un auto lujoso?"

"¿Esa es la pregunta para tu turno?"

Resoplé.

"Lacey, queremos saber sobre ti. Charlize Theron parece una mujer genial, pero ¿por qué estaríamos interesados en ella cuando tenemos a una mujer hermosa entre nosotros? ¿Cuándo sabremos a qué sabes?" La boca se me cayó ante la respuesta de Micah. Mis pezones se endurecieron.

"¿Y un auto lujoso?", preguntó Colt. "Esto es Montana. Un auto lujoso no sobreviviría la temporada de pantano. Lo que necesitas es una camioneta pickup. Si dijeras que tienes una F-350 doble cabina gigante, diría que estoy enamorado".

Me reí. "¿De mí o de la camioneta?"

"Si tú estuvieses en la camioneta, te dejaría conmigo para siempre".

Por la mirada en sus ojos, tenía la sensación de que no estaba siendo sarcástico. Estaba hablando muy en serio. Me aclaré la garganta y miré a Micah, aunque la forma en la que él me estaba mirando fijamente no era nada menos intimidante. "Además de llevar mujeres a paseos a caballo, ¿qué más hace tu compañía?"

"Acampar. Canotaje en aguas blancas. Escalar. Paseos de aventura. Trabajamos con amigos nuestros que tienen una compañía de helicóptero en el pueblo para llevar a las personas adentro del pueblo. Heliesquí en el invierno. La lista es interminable ya que hacemos viajes personalizados".

"Si haces semejantes aventuras salvajes, ¿por qué hacer este paseo sencillo conmigo?"

Miró al cielo otra vez. "Al principio, era un paseo de dos días para acampar, pero creo que fue tu hermana quien llamó y lo cambió a un paseo sencillo".

Asentí, recordando la falta de interés de mi hermana en pasar cualquier momento en una tienda, incluso con Gabe.

"Es más fácil para Matt e Ethan—nuestros amigos dueños del Desembarque de Hawk—contratar viajes especiales que tener a alguien en el personal". Miró el cielo de nuevo, lo que me hizo que mirara también. "El clima se acerca".

"Entonces, ¿no besas a todos tus clientes?"

La mirada de Micah se movió desde el cielo hacia mí y esa mirada vaporosa hizo que me lamiera los labios. "Mis últimos clientes eran un montón de chicos que eran amigos en la universidad, hace treinta años. Los llevé a pescar en las aguas del ribbon azul. Definitivamente no los besé, y no los quiero compartir con Colt. Yo no beso a ninguno de mis clientes, Lacey. Recuerda, este viaje ya no está en la reserva".

El viento sopló mi cola de caballo a mi cara y la volví a colocar atrás.

"Solo te queremos besar a ti", añadió Colt, su voz profunda e insistente y sentí esas palabras por todo mi cuerpo.

"Se acerca una tormenta", dijo Micah. Cuando me volteé para mirarlo, su mirada estaba mirando hacia arriba otra vez.

No estaba prestando mucha atención—especialmente porque estábamos hablando sobre besar—pero el viento estaba comenzando a soplar y nubes grises y gruesas se habían instalado. Ya no podía ver los picos de las montañas y se había puesto más oscuro. Un ruido vino del este. "Eso fue ridículamente rápido", comenté. Nunca había visto una tormenta llegar así.

Micah miró a Colt a través de mí y podía decir que se estaban comunicando sin palabras.

"¿Cuál es el problema?", pregunté, mirando entre ellos. Una fuerte ráfaga de viento casi me vuela el sombrero y me puse la mano en la parte superior de mi cabeza para mantenerlo fijo.

"Estamos arriba en las montañas. El clima malo puede suceder rápido. Agarra a las personas desprevenidas. No es seguro aquí afuera. Tenemos que ir al albergue".

Miré alrededor. Estábamos afuera en la mitad de la nada, a dos horas del rancho de huéspedes. "¿Dónde?"

Un fuerte trueno cortó el sonido del viento. La temperatura cayó y se me puso la piel de gallina en los brazos desnudos.

"Una de las cabañas remotas está en el lado opuesto del lago", dijo Colt señalando. Su caballo se movió y él se inclinó hacia adelante y le dio una palmada en el cuello.

"¿Ocupado?", preguntó Micah, levantando la mirada. Cuando miré al cielo, vi nubes gruesas y negras. No era una experta, así que tuve que preguntarme qué estaba mirando él.

Mientras Colt se encogió de hombros, dijo: "No importa si hay huéspedes. No con este clima".

Micah me miró. "Tenemos que meternos adentro. El Desembarque de Hawk tiene bastantes cabañas remotas para huéspedes y ese es el albergue más cercano. No tienes que preocuparte, nos haremos cargo de ti".

Asentí, creyéndole. No tenía ninguna duda de que ellos sabían lo que estaban haciendo. Todo lo que sabía era que debía permanecer lejos de los árboles y no mecerme en un club de golf durante la tormenta. Pero esa era la civilización.

"Obviamente, sopló rápido, y probablemente no durará mucho, pero tenemos que apurarnos". Colt puso su caballo en movimiento y despegó mientras yo presionaba mis talones en el flanco de mi animal. Él comenzó a ponerse en marcha al mismo ritmo lento usual, pero no tenía idea de cómo hacer que fuera más rápido. Lo empujé otra vez y meneé mis caderas, pero su ritmo no cambió. ¿Solo tenía una velocidad? "¡No sé cómo montar rápido!", grité en el viento, mirando a Micah con ojos salvajes.

Colt se detuvo y con una precisión de experto, se volteó hacia mí. Antes de que pudiera parpadear, Micah me levantó y me bajó de mi silla de montar, colocándome detrás de su silla. "Enrolla tus brazos a mi alrededor y sujétate".

Hice lo que él dijo, moviendo mis caderas para sentarme cómodamente, después abracé a Micah. Fuerte. Colt agarró la rienda de mi caballo.

"Tenemos que apresurarnos. ¿Está bien?", preguntó Micah, mirándome por encima de su hombro. Asentí, después me incliné hacia él mientras el caballo comenzaba a moverse, a un ritmo mucho más rápido que antes.

Una de sus manos bajó a la parte superior de la mía en su vientre bajo, le dio un apretón.

El golpe duro de los cascos de los caballos hizo que sonara como una estampida. Me sentía segura sabiendo que Colt estaba a mi lado mientras me sujetaba sobre Micah, sentía la calidez de su cuerpo, los músculos moviéndose y contrayéndose en su espalda mientras se movía.

"La tormenta se avecina".

Tan pronto como dijo eso cayeron las primeras gotas de agua. Después vino el aguacero. Era como si Dios hubiese abierto un grifo porque estábamos empapados en cuestión de segundos. Micah agarró mi brazo imposiblemente más fuerte como si estuviese intentando protegerme, pero no fue necesario. Estuve mojada en segundos, excepto donde nuestros cuerpos se tocaban.

Micah maldijo, después dijo: "No tengas miedo. Estás a salvo con nosotros".

Sí. Lo estaba. No tenía miedo en lo absoluto. De hecho, esto era estimulante. Me sentía como una damisela en apuros, salvada por el vaquero vestido de blanco. Pero yo tenía dos. Mis pezones estaban duros, esta vez por la fría lluvia, pero me dolían por el hombre delante de mí y la vista de Colt adelante de nosotros, perfectamente a gusto en su fiel corcel. Sonreí, después me reí en la lluvia por mis pensamientos fantásticos. A un escritor de diálogos de televisión no se le podía ocurrir nada mejor que esto.

6

Micah

Colt se dirigió a la cabaña para ver si había alguien ahí. Para el momento en que llegué, me bajé y ayudé a Lacey a salirse del caballo, él había regresado afuera, agarró las riendas de su caballo y del mío.

"Vacío", gritó él sobre el aguacero. "Entren".

Con una mano sobre su cintura, corrí con Lacey hacia los dos escalones y hacia el pequeño porche afuera de la lluvia.

"¿Qué es este lugar?", preguntó ella quitándose su sombrero. La punta de su cola de caballo chorreaba agua por su espalda.

"El Desembarque de Hawk tiene muchas cabañas en el establecimiento", dije en voz alta porque la lluvia golpeaba el techo de hojalata. Quitándome mi propio sombrero, colocándolo sobre una de las dos sillas de Adirondack. "Los huéspedes pueden caminar o venir a caballo hasta aquí, pasar la noche".

Colt había dejado abierta la puerta de entrada y ella miró hacia adentro.

"Esto no es rústico", comentó ella. "Si Ann Marie supiera de esto, no hubiese cancelado la velada de la noche".

Lacey estaba empapada, sus pantalones pegados a sus piernas, su camiseta no era transparente, pero no escondía nada. Claramente podía ver la forma de sus senos, incluso los pequeños bultos que circundaban la punta de su pezón. Se aferraba a su vientre y no pude evitar mirar sus curvas—una cintura estrecha y caderas hermosamente anchas.

"He escuchado que se llama acampar". Cuando frunció el ceño, continué. "Acampar con estilo. No hay electricidad ni agua potable, pero debería estar bien abastecida".

No había traído huéspedes aquí antes, pero sí a otros que se encontraban en las esquinas traseras de la propiedad del Desembarque de Hawk. La cabaña estaba ubicada en un despeje del borde del lago cristalino. Las sillas del porche tendrían una vista perfecta a los picos de las montañas en la distancia, si no fuera por el diluvio.

La cabaña de madera no era del todo rústica. Matt e Ethan no habían escatimado en gastos. A pesar de que era pequeña, solo una habitación, tenía ventanas que daban al lago. Era como las otras, había una cama grande, un sofá cómodo y una cocina pequeña con mesa y sillas. Un pequeño tanque de propano le daba calor a la cabaña, lámparas ligeras y una pequeña estufa para cocinar la comida. Eso era lo básico, pero también tenía sábanas de hilos altos, un colchón de felpa, alfombras gruesas en el suelo e incluso cobijas gruesas. El único inconveniente sería la falta de baño. Había una pintoresca dependencia detrás de la cabaña, con puerta de madera y una luna tallada en ella.

Colt se acercó a un lado de la cabaña y a las escaleras. "Los caballos están amarrados. Removí las sillas de montar así que están bien por ahora". Se volteó hacia Lacey. "Te estás congelando. Adentro, mujer".

Él tendió su brazo para que ella entrara primero.

Cerré la puerta detrás de nosotros, fui hacia el pequeño calentador en la pared, lo encendí.

Colt fue a un vestidor, abrió uno, después otro, agarró toallas, me lanzó una.

Lacey se puso de pie delante de nosotros, de brazos cruzados, toda temblorosa.

"Vamos a secarte", dije. Tomando su mano fría en la mía, limpié su brazo con la toalla suave. Colt comenzó a secar su otro brazo.

"Esperen", dijo ella, mirando fijamente el suelo brillante que estábamos empapando. Observé como se mordió el labio, después se estremeció. Nos detuvimos y le lancé una mirada a Colt, preocupado de que estuviésemos yendo muy lejos. Pero cuando miró entre nosotros con sus dientes presionados en su labio inferior, después agarró el borde de su camisa y se la quitó—no con mucha facilidad porque estaba húmeda—dejé ir todas esas preocupaciones.

Respiró profundo y observé como sus senos rozaban y después caían dentro de las copas de su sujetador rosado de encaje.

Santos. Cielos.

"¿Estoy loca por quererlos a los dos?", preguntó ella, su voz suave. Respiró profundo, después se apresuró. "Quiero decir, soy una mujer profesional. Debería saber lo que quiero y tomarlo. ¿Cierto? No tengo dieciséis años. Mi hermana hizo más que obvio que he estado en un…periodo de sequía. No debería estar nerviosa. Avergonzada, quizás, pero no nerviosa".

Me puse de rodillas delante de ella, atravesé todo su cuerpo deleitable para ver sus ojos oscuros llenos de deseo y una justa cantidad de confusión. Una mujer no debería estar perdiendo su tiempo debatiendo si debería ir detrás de lo que quería sexualmente. Si quería una follada caliente con dos vaqueros, no debería tener que pensarlo. Estábamos aquí para divertirnos con ella, no tenía que tenernos miedo. No, queríamos que se empoderara. Atrevida en su pasión.

"Demonios, no". Me recosté y besé la piel húmeda de su vientre, después la miré, las curvas llenas de sus senos... justo...ahí. "Esto...nosotros, hay algo aquí y lo queremos explorar contigo".

La mano de Colt se deslizó por su espalda y hábilmente desabrochó su sujetador. Besando su hombro, removió un tirante por su hombro y el otro cayó fácilmente. Lacey dejó que se saliera de ella y cayera al suelo.

La respiración de Colt silbó al ver sus pezones duros. Eran como cerezas maduras, color rosado brillante y listos para ser probados. Solo tuve que inclinarme unos pocos centímetros para llevarme uno a la boca, para sentir la presión firme de este contra mi lengua y el techo de mi boca. Y cuando apliqué una ligera succión, sus manos vinieron a mi cabeza, se enredaron en mi cabello. Me halaron más cerca.

Colt cubrió su otro seno y no llenó su gran palma, pero estaba alto y firme y yo estaba contento por estar de rodillas delante de ella todo el día. Pero parecía que ella tenía otras ideas.

"Más", jadeó ella.

Me separé, observé mientras Colt se recostaba y la besaba, su pulgar deslizándose hacia adelante y atrás de su pezón. Me puse a trabajar, desabroché el botón de sus pantalones, bajé el cierre. Pude ver una pizca del encaje rosado a juego de sus bragas y mi pene estaba haciéndose cargo. Con mis dedos en sus caderas, intenté quitarle sus pantalones, pero estaban demasiado mojados.

Gruñí y me puse de pie, poniendo mi hombro en su

vientre por todo el camino y lanzándola por encima de mi hombro para llevarla a la cama. La dejé allí. Colt había dado un paso atrás y se había movido a un lado del colchón gigante, agarrando las almohadas decorativas y apartándolas del camino.

Inclinándome hacia adelante, halé sus pantalones otra vez, los bajé por sus piernas hasta que se enredaron alrededor de sus tobillos. Con una mirada rápida a Colt, el cual parecía tan impaciente como yo, cada uno agarró un pie y quitó sus zapatos y medias, después le quitamos el pantalón juntos.

Tendida delante de nosotros sobre la cama suave estaba una mujer casi desnuda, solo sus bragas húmedas rosadas la mantenían decente. La lluvia estaba golpeando en el techo, truenos sonando en la distancia. "Estás sola con nosotros, dulzura". Mi mirada recorrió todo su cuerpo, desde sus ojos llenos de lujuria a sus senos erectos, cintura estrecha, caderas anchas, piernas largas. Cada centímetro de su piel pálida era perfecto.

"Estamos a tu merced", dijo Colt. "¿Qué vas a hacer al respecto?"

* * *

LACEY

Me lanzó a la cama. Tenía que admitirlo, ser cargada por un vaquero era la cosa más caliente del mundo. Bueno, no. Ahora teniéndolos a los dos cerniéndose sobre mí, sus camisas húmedas pegadas a cada centímetro de sus pechos y abdominales duros como una roca era la cosa más caliente. Tenía la sensación de que iba a estar actualizando mi estatus de Cosa más Caliente minuto a minuto, así que dejé de pensar. Solo decidí actuar. Ellos me deseaban a mí. No podía evitar mirar el relieve grueso de sus penes. Y eran grandes. Me lamí los labios, después me levanté para estar de rodillas delante de ellos. Incluso estando levantada en la cama, ellos seguían siendo más altos.

"¿Puedo hacer lo que sea que quiera?", pregunté, una sonrisa formándose en la esquina de mi boca.

Colt asintió, su mirada concentrada en mi cuerpo.

"Entonces están usando demasiada ropa", dije.

Micah levantó sus manos a su camisa y negué con la cabeza. Sus dedos se detuvieron.

"Déjame a mí".

Me moví más cerca para que mis manos descansaran sobre su pecho. Levantando la mirada, miré sus ojos pálidos. Estaban tan oscuros y nublados como el clima de afuera, su cabello húmedo unas pocas sombras más oscuro. Gotas de agua caían de los mechones más largos hacia sus hombros. Justo como lo había deseado desde el momento en que puse mis ojos en ellos, agarré la parte de enfrente de su camisa y halé.

La camisa cedió, justo como había esperado. Se me hizo agua la boca mientras cada centímetro de su pecho era expuesto. Había un puñado de vello en su pecho. Se reunía en una línea estrecha que llegaba hasta su ombligo. Mientras Micah se terminaba de sacar la camisa y la dejaba caer al suelo, vi que la línea continuaba dentro de sus pantalones.

Tomé un momento para saborear la vista y estaba agradecida de que permaneciera quieto para dejarme mirar fijamente. Descaradamente.

Después miré a Colt. Estaba esperando expectante. "No quiero que te sientas rechazado", dije, con un puchero fingido. Moví mis rodillas para poder agarrar el frente de su camisa y la quité. De pronto los dos estaban desnudos desde la cintura.

"Oh mi dios".

Agarré la toalla en la mano de Colt—dudaba que si quiera supiera que la estaba sosteniendo—y comencé a secarlos, tomándome mi tiempo y estudiando cada músculo contraído, encontrando una cicatriz vieja, observando la forma en que sus músculos se tensaban mientras frotaba sus vientres bajos con el dorso de mis dedos. Me salí de la cama, fui detrás de ellos para apreciar sus espaldas.

¡Hola! Hombros anchos y dorsos como alas de murciélagos. Froté la toalla sobre ellas con una admiración lenta. Una vez culminado, se voltearon, me miraron. "Nuestras espaldas están secas", dijo Micah con un destello pervertido. "¿Qué sigue?"

Bajé la mirada. "No creo que sea capaz de quitar esos pantalones por mí misma". No solo era difícil quitarle los pantalones, sino que los dos tenían puestas botas de cuero. No solo eso, no estaba segura de si iba a poder pasar esos pantalones de esas erecciones gigantes.

Colt se sacó sus botas, una después la otra y se quitó sus pantalones y bóxer jodidamente rápido. Micah no estaba muy atrás así que los dos se pusieron de pie delante de mí. Desnudos. Como completamente, totalmente, preciosamente desnudos.

"A la mierda", susurré mientras comía con los ojos. Sí, comía con los ojos totalmente. Había visto unos cuantos penes en mi vida, montado algunos pocos, ¿pero estos? Wok.

Estos eran grandes y gruesos y largos y todo lo demás que una mujer pudiera desear. Mientras que el de Colt era de un rojo rubicundo con cabeza ancha, el de Micah era más largo. Deberían estar orgullosos de ellos—yo lo estaba por ellos y estaba ansiosa por ponerles mis manos encima. De hecho…

"Uno para cada mano", dije mientras los agarraba. Micah se sobresaltó y Colt siseó un suspiro.

La mano de Micah bajó y cubrió la mía. "Más fuerte, dulzura".

Colt gruñó, hizo lo mismo, me mostró cómo moverme hacia arriba y debajo de su longitud para complacerlo. "Definitivamente más fuerte. Me gusta un poco rústico".

Moví mi mirada a la suya, después con un momento de atrevimiento, me puse de rodillas delante de ellos. "¿Quién será primero?", pregunté.

A pesar de que los dos eran vaqueros calientes, eran tan diferentes. Uno rubio, el otro moreno. Uno ancho, el otro más delgado. Intenso y relajado. Eran como polos opuestos y aun así, los quería a los dos. Se me hacía agua la boca por comparar sus sabores, la sensación de ellos llenando mi boca, mi garganta.

Fue Colt el que se agachó esta vez, me levantó y me lanzó a la cama. "¿Quién será primero?", repitió él.

Reboté una vez y los ojos de Micah estaban sobre mis senos mientras se meneaban por el movimiento.

"La señorita siempre va primero".

Mis pies estaban sobre la cama, mis rodillas dobladas. Me sentía lejos de parecer una señorita.

Cada uno de ellos agarró un tobillo, me halaron hacia abajo para que mi trasero estuviera en el borde de la cama. Colt me bajó las bragas y me las quitó, pero quedaron atrapadas en mi tobillo. Ninguno parecía notarlo porque sus ojos estaban pegados en mis partes de chica. Tenía la sensación de que esas eran las que iban a ir primero.

"Última oportunidad, dulzura. Dime ahora si no quieres mi boca en tu vagina porque una vez que te pruebe, no estoy seguro de si voy a ser capaz de detenerme".

7

ℒACEY

Oh. Dios. Mío. A él le gustaba hablar sucio.

"A Colt le gusta la vagina", comentó Micah mientras su amigo se puso de rodillas entre mis muslos separados.

Como no dije nada—¿por qué lo haría? —Colt no esperó ni un segundo más y puso su boca sobre mí. Su lengua para ser precisa, y en una forma muy experta. Arqueé mi espalda y grité ante la sensación caliente de él.

"¿A mí?", continuó Micah, mientras se movía alrededor a un lado de la cama, colocaba una rodilla sobre el colchón y se inclinaba sobre mí. Mientras que Colt usaba sus pulgares para separarme, después deslizó una lengua firme desde mi entrada hasta arriba hacia mi clítoris, yo tuve un momento difícil concentrándome en los ojos azules de Micah. Él sonrió. "Te gusta eso, ¿no es así?"

Asentí y jadeé mientras Colt lamía mi clítoris. Mi piel ya

no estaba mojada por la lluvia. No, todo desapareció como el vapor, estaba así de caliente, así de excitada.

Los ojos de Micah recorrieron mi cuerpo, apreciaron la cabeza oscura de Colt entre mis muslos. "Yo soy un hombre de senos". Bajó su cabeza, se llevó un pezón a su boca, lo haló y chupó. Se levantó lo suficiente para soplar por encima de la punta húmeda. "Bueno, T y A. Amo las tetas y apuesto que puedo hacerte venir con solo jugar con ellas".

"Yo no me voy a separar de esta vagina", gruñó Colt.

De alguna manera, la idea de que casi se pelearan por mí me hizo sonreír. Pero después Colt hizo algo con su lengua y Micah pellizcó un pezón. Gemí, no estaba segura de si era por sus palabras sucias o por las atenciones despiadadas y fabulosas de Colt.

"Pero también me gusta un trasero lujurioso. Azotarlo, follarlo".

Palabras sucias dobles. Maldición. "Me voy a venir", dije, una de mis manos enganchada en la sábana suave, la otra agarrando la rodilla de Micah".

"Nunca te lastimaríamos, dulzura", dijo Colt mientras besaba una línea húmeda a lo largo de la parte interna de mi muslo. "Pero nos gusta un poco rudo algunas veces".

"A mí me gusta rudo", suspiré, después hice un puchero. "Pero ustedes no están siendo rudos, están siendo suaves".

Una ceja oscura se levantó y él sonrió, mi excitación pegajosa sobre su labio y barbilla. "¿Oh?"

"Hazme venir", dije, haciendo una gran flexión abdominal y acercándome a su cabeza para ponerla de vuelta en mi vagina.

Por supuesto, no hizo lo que quería, solo se mantuvo a unos cuantos centímetros de distancia de donde quería que estuviera y continuó sonriendo. "Mandona, ¿no es así?"

Llevé mi cabeza hacia atrás sobre la cama y gemí.

Micah se inclinó sobre mí. Una gota de agua cayó de su

cabello hacia la curva inferior de mi seno derecho. Se agachó y lo lamió. "Esta vez, será a tu manera. La próxima vez…"

No terminó sus palabras, al menos no creía que lo hiciera. Colt resumió sus muy ardientes atenciones sobre mi clítoris y todo el poder cerebral se desvaneció. Los músculos de mi músculo se apretaron y mi espalda se arqueó. Fue cuando él introdujo un dedo lentamente dentro de mí, después lo dobló, y me vine.

Y no fui silenciosa.

No. Me resistí y me agarré, grité sus nombres. Dios, era demasiado.

Había tenido orgasmos. Vibradores, incluso mis dedos funcionando. Por mí misma o con un chico, siempre tenía que tocarme para llegar al borde. Nunca había llegado al clímax por los esfuerzos de un hombre por si solo ni una vez.

Quizás Colt era así de hábil con su lengua o que Micah era lo suficientemente distractor porque no me estaba preocupando de si Colt pensaba que me veía graciosa ahí abajo o si no estaba lo suficientemente húmeda o si estaba tomando demasiado. No estaba pensando mucho en nada. Ellos eran demasiado buenos en…bueno, hacerme sentir bien.

No, eso no era lo suficientemente fuerte para lo que ellos me hacían sentir. Caliente. Salvaje. Desinhibida. Hermosa. Benditamente saciada.

Una sonrisa enorme se desprendió de mi rostro mientras miraba el techo fijamente.

Colt se paró a toda su estatura, se agachó y puso su mano cerca de mi cabeza. Se limpió la boca con el dorso de su mano libre mientras me miraba fijamente. "¿Por qué te ves tan satisfecha?"

"Eres mi primero".

Se quedó mirándome fijamente con mucha intensidad. "¿Eres virgen?"

Puse los ojos en blanco. "No, pero eres el primer chico que…que hace que me venga".

Sonrió entonces, claramente bastante orgulloso de sí mismo. "Entonces los chicos antes—"

"Obviamente no sabían lo que estaban haciendo".

Micah agarró mi cadera, me enrolló hacia él para quedar sobre mi vientre, me dio un azote en el trasero. Jadeé, sentí el escozor, después el calor. Me aparté, solo para que colt me diera un azote también.

"¿Alguna vez habías estado con dos chicos?"

Miré a Micah por encima de mi hombro, negué con la cabeza.

"¿Alguna vez le has dicho a un chico cómo te gusta?", añadió Colt, acariciando la carne acalorada donde habían dado el azote.

Me mordí el labio, pensé en ello. "No, supongo que no. Solo ha sido…vainilla".

"No necesitamos látigos y vendas para llevarte al borde, dulzura. ¿Pero un poco de soga?" Colt silbó a través de sus dientes. "Yo soy un campeón mundial de nudos. Debe ser divertido amarrarte a ti en lugar de a un becerro".

Cuando intenté girarme de espaldas, él sonrió y enganchó un brazo sobre mi cintura. "¿Trajiste esos condones de tu cabaña?"

Me sonrojé, lo cual era ridículo porque él había tenido su cabeza enterrada entre mis muslos y ahora estaba desnuda con mi trasero arriba en el aire. Él no podía ver nada más de mí si tuviera una lámpara sobre su cabeza. Y aun así la mención de condones hizo que mis mejillas se acaloraran.

"En la pequeña bolsa que me dio Micah".

Micah se movió para buscar la bolsa y volteé la cabeza para mirarlo. Había sido puesta cerca de la puerta cuidadosamente y no pude evitar disfrutar la flexión de los músculos de su trasero desnudo mientras se movía para recogerlo.

Sacó una larga cadena de condones. No les había prestado demasiada atención a estos, pero ahora me preguntaba si les quedarían porque Micah y Colt eran grandes. En todos lados.

Regresó al lado de la cama, rompió un paquete y lanzó el resto a la cama. "Qué bueno que también tengo unos. Esto no será suficiente".

Bajé la mirada a la larga cadena. Ahí tenía que haber al menos seis. ¿No eran suficientes?

Apreté mis paredes internas ante la de idea de ser tomada por estos dos todas esas veces. Y después un poco más.

Una vez que estaba enrollado por todo su pene, Colt se apartó del camino y Micah se colocó detrás de mí. La longitud gruesa de él introduciéndose por mi acalorado—y bastante sensible—centro.

Meneé mis caderas, esperando que se acomodara justo donde lo quería. Puede que Colt me haya hecho venirme, pero me sentía vacía. Y estos penes magníficos me llenarían muy bien.

"Por favor", supliqué. "Pero hazlo lento para asegurarnos de que cabe".

"Ah, dulzura. Amo el halago, pero ya nos has desnudado", dijo Micah, introduciéndose con mucho, mucho cuidado dentro de mí. Mis músculos ansiosos se apretaron y contrajeron alrededor de cada centímetro de él hasta que sentí sus caderas presionar contra mi trasero inflamado.

"Oh dios", murmuré, doblando mi espalda como un gato. Se sentía tan bien.

Colt soltó un pequeño resoplido de risa mientras se acomodaba en la cama, almohadas en su espalda y yo enfrente de él.

Y con frente, me refiero a un pene muy largo y muy erecto. Estaba a unos pocos centímetros de mí y tuve que pasarlo y subir la mirada para ver la sonrisa pervertida de Colt y su mirada acalorada.

"¿Todavía quieres probar?"

Era difícil incluso entender sus palabras porque Micah se deslizó hacia afuera al ritmo de la Edad de Hielo. Me estremecí, me moví.

"¿Ya puedo ir más rápido, dulzura?", preguntó él.

No volteé mi cabeza para mirar a Micah, solo mantuve mis ojos concentrados en Colt.

"Sí". La respuesta fue para los dos. Sí, quería que Micah me follara más rápido. Sí, quería probar el pene de Colt. Quería lamer esa pequeña gota de líquido pre seminal en la punta. Y por la forma en que agarraba la base y lo tendía hacia mí, él también quería que lo hiciera.

Me incliné hacia adelante y lo lamí como un cono de helado. La gota salada llenó mi lengua y quería más. Quería todo lo que sabía que llenaba sus grandes y pesadas pelotas.

La cama se movió mientras Micah se apartó de mi camino. Nunca había tomado a dos hombres a la vez, ni siquiera lo había considerado nunca. Pero ahora, wow. Ahora, no tenía idea de si iba a ser capaz de retroceder. Simplemente era demasiado…mucho. O quizás eran Micah y Colt.

La mano grande de Colt cubrió la parte posterior de mi cabeza mientras la mano de Micah se acomodaba sobre mi cadera. Sonidos húmedos de follar llenaron la habitación. Estaba prácticamente chorreando, haciéndolo fácil para que Micah me tomara. Y mis lamidas y chupadas sobre el pene de Colt solo se añadían a todo. Colt estaba respirando fuerte y Micah soltó un pequeño gruñido cuando movió sus caderas, aprendió lo que me hacía jadear.

Cuanto más me hacía sentir bien Micah, más tomaba a Colt en mi boca. Me iba a venir otra vez. Ahora lo podía sentir, sabía la diferencia entre tocarme a mí misma y tener a estos dos llevarme al borde. Pero el pene de Micah golpeó lugares dentro de mí que nunca antes habían sido tocados. No tenía idea de cómo eso era posible, pero el lugar, justo adentro, su cabeza grande golpeó una vez, después otra vez, antes de sumergirse hasta el fondo. Una y otra vez hasta que estaba agarrando la sábana y prácticamente tenía a Colt en mi garganta.

Colt siseó un suspiro y me haló por el cabello mojado. "Me quiero venir en esa vagina, dulzura".

Me apreté sobre Micah al pensar en ello, lo que lo hizo agarrar mi cadera y gemir. Los movimientos de sus caderas se transformaron en erráticos. "Mierda, háblale sucio a ella otra vez".

Sonreí, dándome cuenta del poder que tenía sobre Micah, la emoción de que lo estaba haciendo perder la cabeza.

"¿Qué? Que probé su vagina con mi lengua y ya no puedo esperar a meter mi pene adentro de ella? ¿O es que amo ver sus tetas perfectas rebotar mientras tú la follas desde atrás?"

El placer que se había estado construyendo, que ponía mi piel pegajosa con el sudor, mis pezones rozar y frotarse contra la sábana suave, se volvió demasiado. Lancé mi cabeza hacia atrás, miré a Colt mientras el calor increíble me sobrepasaba. Después cerré los ojos, apreté mis músculos y me entregué al calor abrasador que Micah estaba sacando de mí. Esta vez no grité. Ningún sonido salió de mi boca abierta.

"Hermosa", escuché murmurar a Colt y los dedos de Micah se clavaron en mis caderas. Chocó contra mí una última vez, gruñó y juraría que sentí el calor de su semen a través de la barrera de látex.

Tan pronto como sentí a Micah salirse, estaba acabada, me tumbé alrededor como si no pesara nada. Abrí los ojos para mirar a un muy ansioso Colt colocándome enfrente de él, trayendo una de mis piernas por todo su cuerpo y a su cadera para quedar arrodillado entre mis muslos separados.

No separó sus ojos de mi vagina mientras agarraba un condón y se lo colocaba.

"¿Lista para venirte otra vez?", preguntó él. Sus caderas estaban metidas debajo, su pene colgando entre sus muslos poderosos y debajo de sus abdominales de tabla.

Estaba sensible y saciada. "Dos orgasmos son dos veces lo usual. Yo...No sé si puedo tomar más placer".

Colt no era de ser disuadido. "Di que no porque no quieres más, de otra manera, te haremos venir hasta que te desmayes".

Oh dios.

Y con su sonrisa perversa, haló mis caderas así que deslizó sus muslos y me atrajo directamente hacia él. Mi espalda estaba doblada hacia arriba afuera de la cama y el ángulo era... "Oh. Dios. Mío".

Vi a Micah lanzar un condón cubierto de fluidos dentro de la cesta de la basura y regresar a la cama. "Te vendrás otra vez, dulzura, o lastimarás los sentimientos de Colt. Tú no quieres eso, ¿no es así?"

Negué con la cabeza, miré a Colt mientras comenzó a agarrar su ritmo. Se tumbó hacia adelante, apoyándose sobre su mano y cerniéndose sobre mí. El sudor llenó su frente, los tendones en su cuello se contrajeron. Una mano vino entre nosotros y frotó mi clítoris. Tan suave, en completo contraste a la forma en que se desenvolvía.

Jadeé. El más mínimo tacto y estaba tan cerca. ¿Cómo sabían ellos exactamente lo que necesitaba?

"¿Cuántas veces crees que te puedo hacer venir con mi pene dentro de tu vagina?"

Lo dijo como un desafío y el propósito en sus ojos y el movimiento experto de sus dedos me dijeron que iba a estar inconsciente bastante pronto.

Pero él no hizo círculos sobre mi carne inflamada. No.

Estrechó sus ojos, enterró sus caderas profundo…y sus dedos pellizcaron.

La ligera sensación de dolor en mi clítoris se transformó en el orgasmo más increíble de mi vida. Una experiencia en todo el cuerpo. Mis pezones palpitaron, mis dedos de los pies se doblaron, mi piel floreció con transpiración, mi respiración estaba atrapada en mis pulmones. Colores cruzaron detrás de mis pestañas. Estaba preparada. Fácilmente orgásmica, parecía. Solo necesitaba ser comida y después follada por dos hombres y me vendría como una estrella porno.

Cuando dejé de estremecerme en la cama, gritando el nombre de colt, él dijo: "Ese es uno".

"Ese fue el tercero", jadeé, sorprendida de que podía hacer algún tipo de matemáticas en un momento como este.

"Oh, dulzura", suspiró él, agachándose para morder mi cuello, frotar detrás de mi oreja. Sus caderas disminuyeron la velocidad, pero no se detuvieron. "Mi boca sobre ti fue solo un calentamiento. Preparando la bomba, por así decirlo".

Micah quitó mi cabello de mi cara. Realmente ya no estaba mojado por la lluvia, sino empapado de sudor.

"Puedes hacerlo y lo harás", ordenó Micah. No tenía elección sino tomar los orgasmos que me estaban dando.

Colt comenzó a moverse entonces, rodando y empujando como un experto, empujando una de mis rodillas hacia mi pecho. "Aquí viene el número dos".

"Oh dios". Mis ojos se cerraron, agarré las sábanas y me sujeté por la montada salvaje para venirme.

8

OLT

"¿Qué hora es?"

La voz de Lacey hizo que volteara.

La tormenta se había calmado después de una hora, tan rápido como llegó. A su paso, todo estaba mojado, el aire más frío y el cielo limpio como un cristal. Yo estaba en el área de grama abierta entre la cabaña y el lago practicando con mi cuerda, disfrutando la vista, la calma.

Demonios, estaba disfrutando los sentimientos persistentes de follar a la mujer de nuestros sueños. Cuando presioné a Lacey a su tercer orgasmo—con mi pene profundo dentro de ella—me había ido con ella. El placer había sido demasiado genial para contenerse y me vine en un gruñido, mi mente poniéndose en blanco y ahí no había duda que me quedé ciego por un minuto o más.

Lacey era perfecta. En la cama. No había duda de que los tres compartíamos una química intensa e increíble. Pero eso no era para todo lo que la quería. Ella no era una conejita en el circuito de rodeo. Demonios, ella no era como ninguna mujer que alguna vez hayamos tenido antes. Pero apenas la conocíamos. Eso cambiaría.

Quería saberlo todo. Sus comidas favoritas, si le gustaba la crema dental de gel o de menta, dónde creció, dónde obtuvo la cicatriz de la parte interna de su rodilla izquierda.

Solo estábamos esperando a que se despertara. Cuando dijimos que se desmayaría de placer, habíamos estado exagerando un poco; dos hombres que creían que sus promesas en la cama podían dejar inconsciente a una mujer.

Con Lacey, lo habíamos hecho. Me recuperé lo suficiente para salirme y quitarme el condón y para el momento en que regresé de la cesta de la papelera ella estaba dormida.

Y permaneció de esa manera, hasta ahorita.

Me volteé y la miré, de pie en el porche usando solo mi camisa rota. A la mierda, mi pene se puso duro otra vez.

"Cerca de las ocho", supuse. En esta época del año permanecía claro hasta casi las diez, pero el sol se había perdido de vista desde mucho más temprano que eso.

"Dormí un largo rato. Todavía estoy lidiando con el cambio de horario. "Lo siento".

Enrollé la cuerda en largos bucles en mi mano y caminé hacia ella. "¿Por qué lo sientes?", pregunté.

Se sacó el cabello de su cola de caballo y cayó sobre sus hombros, enredado y salvaje. Como si hubiese estado bajo una tormenta y salvajemente follada. Mi camisa colgaba hacia abajo de sus muslos, pero sabiendo que estaba desnuda, como se veían sus senos debajo, me puso duro instantáneamente.

Ella se mordió el labio, miró alrededor, arriba hacia el cielo. Después a mí. A mi pecho desnudo. Tenía mis pantalones puestos, nada más.

"Que tuvieron que esperar por mí. Asumo que quieren regresar".

Torcí mi dedo y ella bajó los dos escalones hacia la grama húmeda, sus pies descalzos. Desde veinte pies de distancia, pude ver las uñas de sus pies de color rosado intenso, sus pantorrillas tonificadas, la forma en que sus dedos tocaban el borde de mi camisa nerviosamente.

"A pesar de que el clima está mejor, es tarde. Si nos vamos ahorita, no regresaríamos al rancho hasta después de la noche. Pasaremos la noche aquí".

"¿Ellos no estarán preocupados por dónde estamos?", preguntó ella mordiéndose el labio.

"Yo llamé a la recepción, les dejé saber que estábamos aquí, que tú estabas bien y también que la cabaña estaba ocupada".

Ella frunció el ceño. "¿Tú llamaste?"

"No hay electricidad ni agua, pero hay señal telefónica", expliqué. "Matt e Ethan—los dueños—lo tienen para que haya servicio en cualquier lugar de la propiedad del Desembarque de Hawk. Todos los empleados tienen teléfonos con ellos por seguridad, pero usualmente no les dicen a los huéspedes sobre eso".

"Vamos a pasar la noche. Aquí. ¿Juntos?" La última palabra salió como un chirrido.

Ladeé mi cabeza hacia la cabaña. "Micah y yo podemos dormir afuera si tú quieres, pero tengo que admitir, preferiría estar en esa cama grande contigo. Entre nosotros".

"Oh", murmuró ella.

"Te estás sonrojando". Después de lo que habíamos hecho, estaba sorprendido de que la escandalizara.

Miró la cuerda enrollada en mi mano, después a mí.

"Esta no soy yo. Realmente. Yo no…Yo no me acuesto por ahí". Lanzó sus manos hacia arriba. "Dios, yo no—yo no solía —dormir con extraños".

No, no creía que ella alguna vez lo hiciera. No era virgen, pero necesitaba al menos una conexión con el hombre—o los hombres—al que se entregaba. Confiar. "Después de lo que hicimos, no creo que seamos extraños, ¿no crees?"

Ladeó su cadera y dobló su rodilla, cambiando su peso. Mi pregunta la hizo sonrojarse incluso más. "Yo quería un poco de diversión y se terminó. Ustedes obtuvieron lo que querían".

Escuché la actitud defensiva en su tono. ¿Reflejo o evasión de la verdad? "Si no pudiera ver que estás avergonzada por lo que hicimos, lo tomaría como una ofensa".

"Bueno, lo hicieron", contestó ella, sus manos yendo a sus caderas. "Obtuvieron lo que querían, quiero decir". El movimiento hizo que mi camisa se levantara por sus muslos un centímetro o dos. Vi su postura más entrañable que argumentativa.

"Y tú también lo hiciste, si recuerdo correctamente. ¿Qué fueron, cinco veces?" Podía pensar en cada uno de ellos.

Ella apartó la mirada, a cualquier lugar excepto a mí.

"No hay motivo para estar avergonzada por lo que hicimos. Lo que te hicimos sentir".

"Yo no soy así", dijo ella, repitiendo sus palabras de más temprano.

Asentí una vez. "Te creo. Y esa es una de las cosas que es tan atractiva de ti. Has tenido un tiempo para pensar y te estás preguntando por qué nos dijiste que sí".

"Sí", acordó, bajando sus manos, dirigiéndose a la barandilla del porche y enrollando sus dedos alrededor. Moría por ir hacia ella, doblarla sobre esa barandilla, observar mi camisa subirse y después follarla. Afuera en el exterior donde sus gritos harían eco en las montañas.

"A dos hombres", añadí. Estaba diciendo lo que ella no diría, pero quería abrir todas sus preocupaciones. Abordar cada una y colocarla detrás de nosotros. A menos que fuese salvajemente abierta a los tríos—lo cual sabía que ella no era porque había admitido que nunca antes había estado con dos hombres—o que hubiese crecido en Bridgewater, esto iba a ser un problema para ella. Esto significaba estar con los dos Micah y yo. Permanentemente.

"¡Sí!", dijo ella, su voz levantándose, sus manos subiéndose en el aire.

Quería acercarme a ella, atraerla a mis brazos, pero me preocupaba que se escapara. Así que me quedé quieto, manos a mis lados, la cuerda enrollada floja en mis dedos.

"Hay algo entre nosotros, dulzura. ¿No lo puedes sentir?"

"Tenemos química". Se encogió de hombros como si lo que había entre nosotros era solo química. Demonios no. Era mucho más que eso. "Ha sido un tiempo para mí. Estoy de vacaciones y esto es un amorío. Ustedes escucharon a mi hermana por el maldito teléfono, necesitaba echar un polvo".

"Estoy de acuerdo con lo último. Sí que necesitabas echar un polvo".

Sus labios se apretaron y levanté mi mano libre.

"Pero no solo con cualquier chico. No con cualquier chico en tu vuelo, ni el agente de los autos rentados. Ni siquiera un chico en la recepción. Nos quería a nosotros. ¿Por qué?" Hice una pausa, pero respondí por ella. "Porque estás atraída hacia nosotros justo como nosotros estamos atraídos por ti".

"Ni siquiera los conozco", soltó ella.

"Podría decir que sé cómo te ves cuando te vienes o el color de tus pezones. Sé que tienes una cicatriz en la parte interna de tu rodilla y un pequeño lunar en la parte interna de tu muslo. Tan bien como tú conoces la sensación de mi pene en tu lengua".

Sus mejillas se sonrojaron otra vez, esta vez por una razón completamente diferente.

"Eso es, me voy de aquí". Dio media vuelta, pero antes de que pudiera subir los dos escalones hacia el porche, dejé caer la soga al suelo excepto por el extremo de la cola, hice círculos por encima de mi cabeza y giré mi muñeca, enviándola por el aire para que el lazo se enrollara alrededor de ella. Todos los años compitiendo en la competencia de amarre de becerros finalmente sirvieron.

Tan pronto como alcancé su cintura, halé, apreté el lazo, pero no demasiado fuerte para que se cayera.

Ella jadeó, se giró, pero sus brazos estaban amarrados a su lado. Ella no era tan movediza como un becerro, pero estaba igual de molesta por ser atada. "¡Colt!"

La acerqué, mano sobre mano en la soga mientras caminaba hacia ella hasta que quedó de pie delante de mí. "Déjame ir".

"¿Intentando escaparte?", dijo Micah, viniendo de un lado de la cabaña. Como habíamos tomado la decisión de pasar la noche, él estaba amarrando a los caballos, acomodándolos en el pequeño corral. Tenía una de las bolsas de las sillas de montar la cual sabía que tenía la comida proporcionada por la cocina del rancho de huéspedes para la salida de Lacey. Ellos nunca escatimaban—y habían esperado a dos huéspedes, no a uno—así que no tenía duda de que había suficiente para nosotros hasta que regresáramos mañana. No pasaríamos hambre. Si la teníamos calmada y asentada, contenta de pasar la noche con nosotros, mi preocupación era si teníamos suficientes condones.

Él colocó la bolsa en el porche, después se unió a mí, colocando su mano en el hombro de ella, deslizándola por su brazo.

"¿Cuál es el problema?", preguntó él.

"¿Además de estar atada?" Ella se meneó otra vez, pero la soga estaba ajustada por sus codos, asegurándolos a su cintura.

"Esa no es una atadura. Créeme, dulzura, esas no son

divertidos. ¿Esto? Esto es solo una forma de mantenerte en un lugar para poder terminar lo que estaba diciendo".

Ella resopló y pisoteó sus pies descalzos sobre la grama suave.

"¿Qué estabas diciendo?", preguntó Micah.

"Que a pesar de que no sabía nada sobre ella, conocía algunas cosas".

"¿Como la forma en que le gusta la charla sucia?"

Sus mejillas se pusieron rojas y Micah sonrió al verlo.

"Eso, pero estaba a punto de decir que quería saber todo sobre ella. Quería pasar la noche aprendiendo más. Fuera de la cama. Después, con suerte, adentro".

"¿Por qué? Obtuvieron lo que querían", contestó ella, repitiendo lo que dijo. Liberó su labio inferior y se sopló el cabello de la cara. Como no podía usar sus manos, me acerqué, metí el rizo detrás de su oreja otra vez.

"Ni siquiera cerca". Sus ojos se levantaron a los mío ante el tono más agudo. La había amarrado físicamente, pero era hora de hacerse cargo. "Queremos todo de ti".

Ella frunció el ceño, se quedó inmóvil. "¿Todo? ¿Qué significa eso? ¿Como dinero?"

Micah negó con la cabeza, ignoró el comentario ridículo sobre el dinero. "Te queremos a ti. Tu cuerpo, tu corazón. Tu alma". Nunca antes había escuchado a Micah decir esas palabras. Eran demasiado importantes, demasiado valiosas para decírselas a cualquier persona.

"¿Qué?", preguntó ella, su voz llena con una confusión suave.

"Nunca te hubiésemos follado si no estuviésemos planeando hacerte nuestra", continuó él.

"Demonios, te hicimos nuestra en el segundo en que nos hundimos en tu vagina dulce".

"Pero—"

Micah cubrió su boca con su dedo primero, lo suficiente para mantenerla callada hasta que la besó.

Observé como su cuerpo pasó de tenso a lánguido y a pesar de que la soga la mantenía en el lugar, las manos de Micah en sus brazos la mantuvieron de caerse al suelo.

"Somos hombres de Bridgewater, Lacey", dijo Micah. "¿Sabes lo que eso significa?"

Una V profunda se formó en su frente. "Que crecieron aquí. Me dijeron eso más temprano".

"Cierto", dije. "Pero en Bridgewater es común para dos hombres casarse con una mujer".

La boca se le cayó y vi sus dientes derechos y blancos. "Eso es una locura".

"No. Eso es Bridgewater. Los fundadores originales atrás a finales del año 1800 siguieron a un cliente de un país llamado Mohamir. Escuchó que estaban estacionados allá en el ejército británico. Ya no está cerca, pero sus métodos permanecieron. Dos hombres—"

"Algunas veces tres", añadió Micah.

"—se casan con una mujer. Y usualmente es amor a primera vista".

"Amor—"

"Shh", dijo Micah, poniendo un dedo sobre sus labios. "Guardaremos esa palabra para cuando sea el momento correcto. Por ahora, solo debes saber que lo supimos desde el segundo en que te vimos. Eres la indicada para nosotros".

"¿La mayoría de los hombres de Bridgewater comparten una mujer?", preguntó ella.

"Matt e Ethan, los dueños del Desembarque de Hawk, están comprometidos con Rachel. Tienen un bebé juntos, incluso".

Se quedó mirando mi pecho y podía decir que estaba pensando, no comiendo con los ojos. "Conocí a Matt cuando llegué, pero no era como si llevara una señal diciendo que compartía a su prometida".

Ahogué una pequeña risa.

"Te dije que trabajo con una compañía de helicóptero que lleva a algunos de mis clientes de paseo", dijo Micah. "Está dirigido por Rory y Cooper. Ellos se casaron con Ivy, su amor de la secundaria".

"¿Ustedes se quieren casar conmigo?", preguntó ella, solo después de que Micah la besara una vez más. Sus ojos ya no estaban estrechos, pero un poco borrosos. Parecían gustarle las atenciones de Micah.

"No hoy", respondí, frotando su mejilla con mis nudillos. Jodidamente suaves. "Hoy nos vamos a conocer. Así que nada de escaparse. Esta cabaña es nuestra esta noche. No hay nadie más cerca. Ninguna distracción".

"¿Tienes hambre?", preguntó Micah, apartándose del camino y recogiendo la bolsa otra vez. Subió las escaleras, se acomodó en una de las sillas de Adirondack, comenzó a sacar la comida y a colocarla sobre una mesa pequeña.

"Sí, pero parece que estoy amarrada en este momento", soltó ella, intentando liberarse de la soga, después mirándome a mí. "¿Me dejarás ir?"

Caminé hacia ella una vez, enrollando más soga alrededor. "No. Te vas a quedar justo así".

"¡No me puedo alimentar con los brazos amarrados!"

La levanté en mis brazos al estilo de luna de miel, y con cuidado de la soga extra, caminé hacia el porche y me senté en la silla vacía, Lacey en mi regazo. Se meneó y no había duda de que podía sentir mi pene duro.

Cuando se quedó paralizada y sus ojos anchos se voltearon a los míos, sonreí. Sí, lo había sentido justo ahí.

"Te alimentaremos mientras hablamos", dijo Micah.

La comida incluía trozos de salami y jamón, un bloque de queso cheddar duro, aceitunas, nueces mixtas, una rodaja de tostada francesa, galletas de chispas de chocolate y un termo de té frío. Sabía que había más, pero Micah había seleccionado alimentos para picar, fáciles para alimentar a nuestra pequeña cautiva.

Micah sostuvo una aceituna. "¿Te gustan estas?"

Asintió y él la colocó en sus labios. Ella la tomó, lamiendo sus dedos mientras lo hacía.

Micah gruñó y vi un brillo en los ojos de Lacey.

"Entonces, dulzura. Cuéntanos sobre ti".

9

ACEY

"No puedo creer que se quieran casar conmigo", dije, después de tragar la aceituna ácida. Tenía hambre. Ciertamente se me había despertado el apetito. No había comido desde el almuerzo y no solo había tenido un paseo de tres horas, sino un maratón de sexo por tres horas también.

Casarnos. Estaban locos. ¿Eran hermosos, dominantes y muy alfas y aun así se querían casar conmigo? ¿Qué hombre decía eso? Habían conseguido lo que querían. Bien follados. Todo lo que tenían que hacer era llevarme de vuelta a mi cabaña en el Desembarque de Hawk y yo tendría un amorío que recordar en el futuro previsible. Pero no.

Ellos parecían querer tener una relación. Una relación seria con el matrimonio como meta final.

"Como dije, hoy no. Eso es un asunto grande y se construye con confianza, amistad. Demasiado", dijo Colt, agarrando un trozo de queso que había cortado Micah.

Mordió. "Mencionaste el cambio horario. Pensé que venías de Los Ángeles".

Moví mis brazos, intenté liberar mis manos de la soga suave. Era ceñido, pero todavía tenía la sensación. "¿No me pueden dejar ir?"

"No", dijo Colt sonriendo. "Te ves bien en mi soga. Quizás lo tengas que intentar otra vez más tarde. ¿Alguna vez has sido amarrada a una cama y follada?"

La boca se me calló al pensar en ello. A mi vagina, ya un poco dolida por sus atenciones exhaustivas de más temprano, parecía gustarle su concentración ardiente ahora también. Nunca antes había sido amarrada, realmente nunca he jugado demasiado. Solo había sido sexo, nada demasiado salvaje o aventurero. Definitivamente nunca cinco orgasmos. Micah me dio un trozo de queso, después sirvió té helado en un vaso de plástico pequeño. Lo levantó para mí, pero negué con la cabeza.

"Um...no".

Micah dio un sorbo, bajó el vaso. "Colt es el campeón con la soga".

"¿Competiste? ¿Amarrando a mujeres?"

Colt se rio y amé el sonido. Mientras que Micah tenía puesta toda su ropa, Colt estaba sin camisa—porque yo la estaba usando—y la vista era, bueno, espectacular. Sentada en el regazo de un vaquero caliente, uno que era un gigante amable, se sentía bien. Él estaba caliente, tan caliente, como un horno. Solo me podía imaginar acurrucarme con él en la cama en una noche fría de invierno. ¿Quién necesitaba una cobija?

La tormenta se había acabado mientras dormía y el cielo estaba claro. El aire olía a humedad, fresco. Y la camisa de Colt olía como a masculinidad pura. No tenía duda de que estaba cubierta en feromonas poniéndome toda salvaje y lujuriosa.

"Eres la primera mujer que he amarrado. Y, con suerte, la última". Dobló un trozo de salami y lo colocó en mis labios. Mordí la mitad y él se comió el resto.

Ninguno de ellos quería algo de mí. No, probablemente querían mi cuerpo otra vez, pero sabía que no estaban simplemente usándome. No con cinco orgasmos en mi cuenta y solo uno para cada uno de ellos.

"Tú mencionaste cambio horario, dulzura", incitó otra vez.

Había estado escuchando.

"Estaba en Corea. Regresé a Los Ángeles el otro día, pero tuve que salir de la ciudad".

"¿Pasó algo?", preguntó Micah, su mirada afilada.

Me encogí de hombros, miré hacia el lago. Ellos estaban siendo honestos conmigo, quizás demasiado honestos, y me sentí obligada a hacer lo mismo. "Había un chico. Todos pensaban que estábamos saliendo, pero no era realmente cierto". Micah me dio una almendra salada. "Llegué a mi casa a una fiesta loca con él en mi cama follando a una rubia".

Los cuerpos de los dos hombres se endurecieron como si estuviesen listos para ir a Los Ángeles y golpear a Chris.

"¿Rompieron hace dos días?", preguntó Micah.

Negué con la cabeza, asegurándome de que entendieran. "Eso pasó el otro día, sí. Pero no estábamos saliendo realmente, así que no diría que rompimos".

"Tu hermana dijo que necesitabas echar un polvo. ¿Qué somos nosotros, chicos de rebote?"

Estreché mis ojos. La ira bombeó caliente y veloz a través de mí y me hizo apretar las manos en puños. "Ustedes estaban ansiosos por meterse en la cama conmigo sin saber esto. ¿Por qué ahora están molestos?", le pregunté a Colt.

"No nos importa tu pasado, ni con quien has estado. Solo nos importa tu futuro", dijo Micah.

"Cuando te besamos más temprano, esos fueron tus

últimos primeros besos, dulzura". Colt parecía muy firme. A pesar de que sabía desde el principio que no era virgen, él realmente parecía desear que no hubiese ningún chico previo en mi vida.

"Estás tan seguro de eso", contesté, estudiando su rostro rústico. Quería acercarme, frotar su mandíbula y sentir lo áspero de su barba.

Colt sonrió perversamente y eso hizo que mis pezones se endurecieran. Estaba tan jodidamente confiado. "Sí, señora".

Suspiré. Aclaré. "Ustedes no son chicos de rebote. Nunca me acosté con Chris. Todos pensaban que lo habíamos hecho, que incluso nos íbamos a casar. Pero todo era mentira. Ni siquiera me gustaba él". Apreté los labios. "Es un idiota que folló a una mujer al azar en mi cama. En mi casa. Yo no tolero eso. Quizás ustedes sí porque me compartieron".

Los ojos de Colt se estrecharon y levantó mi barbilla hacia arriba con sus dedos. "Micah y yo no te compartimos. Tú eres nuestra. ¿Con respecto a los otros chicos? No va a pasar. Puede que seamos un trío, pero todo lo que queremos es a ti".

Oh. Eso estaba jodidamente claro.

"Dijiste que todos pensaban que estabas con este chico. ¿Quiénes son todos? ¿Tus padres?", preguntó Micah.

Mi padre había estado afuera de la imagen desde que tenía cuatro años. Se divorció y se mudó a Alabama para estar con su secretaria. En lo que respecta a mi madre, ella sabía el asunto. Sabía que no toleraría las cosas que hacía Chris, ni nada de lo que escribían en las revistas. Ella me había criado lo suficientemente bien para no ser la alfombra de ningún hombre. "No, los medios. Bueno, las revistas".

"¿Las revistas? ¿Por qué demonios te están siguiendo las revistas?", preguntó Micah.

"Les dije que soy actriz. Estoy en un programa de televisión y a las revistas les gusta colocar cosas sobre mí".

"¿Estabas en Corea por trabajo?"

Asentí. "Tengo bastantes seguidores por allá. El programa los tiene".

Los dos estaban callados mientras absorbían mis palabras.

"¿Qué hay de ti?", pregunté a Colt. "Eres un campeón de la soga. ¿Qué más?"

Agarró unas cuantas aceitunas, las metió en su boca. "Te dije que tengo mi propio rancho. Es un terreno de treinta hectáreas en el valle más lindo que verás alguna vez".

Tuve que preguntarme sobre eso porque donde estábamos en este momento era increíble. Solo me podía imaginar cómo se veía su propiedad.

"Yo vivo en una cabaña pequeña en la propiedad, y construiré una casa y establos con el tiempo. Hasta entonces, soy capataz para Ethan y Matt".

"¿Y tú?", miré a Micah.

"Fui a la universidad por negocios, después regresé aquí. Me gustan los espacios bien abiertos y compartirlo con otros. Una compañía de aventuras parece encajar bastante bien. Hasta ahora, está yendo bien".

"Son toda una compañía de servicios", comenté, pensando en lo bien que se estaban haciendo cargo de mí—con y sin mi ropa.

Él sonrió, recorrió mi nariz con un dedo. "Solo para ti. Y recuerda, nosotros cancelamos tu viaje, así que realmente no eres un cliente".

"¿Tuviste suficiente?", preguntó Colt.

"¿Comida?"

"¿Qué más tenías en mente?", preguntó él.

Levanté las cejas. Aquí era donde tenía que decidir cómo iba a ser el resto de la noche. Les podía decir que no, que no estaba interesada y ellos mantendrían distancia. Incluso dormirían afuera. Pero todos sabíamos que era mentira. Como les respondí más temprano no pudo haber sido fingido. No era tan buena actriz.

¿Tomaba sus palabras, de que estaban interesados en algo más conmigo? ¿De que este no era solo un amorío fugaz de las vacaciones? No era como si hubiese mencionado más para ellos y me estaban amarrando. Ellos lo dijeron. Yo era algo seguro. Ellos pudieron haber dicho que nos divertiríamos en esta cabaña remota y después cada uno por su camino, bien satisfechos, de vuelta al Desembarque de Hawk.

Pero no lo hicieron. De hecho, ellos realmente parecían quererme a mí. Pero entonces de nuevo, también lo hizo Chris. Y había sido quemada en el pasado por aquellos que gritaban lo que sea que pensaban que yo quería escuchar para obtener algo de mí. ¿Pero ahora? Estaba sentada en el regazo de un chico mientras el otro me alimentaba. Estaban ansiosos por más sexo. Y me lo darían, yo solo tenía que decir la palabra.

Entré en pánico cuando me desperté, mi cuerpo saciado y un poco inflamado por sus atenciones. Esto no era para nada como yo. Pero lo hice y lo disfruté. Ellos fueron atentos y amables, salvajes y muy ardientes. Juguetones incluso. ¿Qué mujer en su cordura se negaba a más a sí misma?

Yo no. Lo que sea que trajera el mañana, no importaba en este momento. Nadie sabía que estaba en el Desembarque de Hawk. Nadie sabía que estaba en la cabaña remota. Podía ser yo misma. Sin actuar. Sin pretender.

Por una vez podía ser Lacey Leesworth y montar a dos vaqueros otra vez como si fuera la reina del rodeo. Ninguna de las cosas que las revistas dijeron sobre mí eran ciertas. Pero quería hacer algo tan salvaje y loco como lo que a ellos se les ocurría. Por una vez.

"¿Lacey?", suscitó Colt.

Incliné mi cabeza hacia abajo, miré a Micah a través de

mis pestañas. "Yo soy la única que está amarrada". Si la mirada no les dio ideas, el tono de mi voz tuvo que hacerlo.

"¿Estás a nuestra merced entonces?", preguntó Micah, una ceja pálida levantada.

Me mordí el labio. Asentí.

"Necesitamos escucharte decirlo, dulzura. Dinos lo que quieres".

Los miré a los dos. "A ustedes". Calor encendido en sus miradas y sentí la pulsación del pene de Colt contra mi cadera. "Por esta noche".

No estaba diciendo que quería más que eso. No podía. Todavía no. Sentía más por estos dos hombres de lo que había sentido por ninguno antes. Era una locura esta atracción instantánea. No, era más que atracción. Realmente quería conocerlos, estar con ellos. Me sentía segura. Me sentía deseada. Querida. Y no porque era Lacey Lee. A ellos no parecía importarles que era famosa o que tenía más dinero de lo que alguna vez imaginé. Ellos solo querían darme aceitunas y follarme.

Yo estaba bien con eso.

"Empezaremos con esta noche", respondió Colt. Claramente quería más, pero se conformaría con esto. Por ahora. Cuando llegue mañana, imagino que serán bastante persuasivos otra vez. Y si con persuasivos eran amantes ardientes y atentos, entonces no tenía muchas oportunidades.

10

Lacey

Colt enrolló un brazo alrededor de mi cintura, me levantó y cargó hacia la barandilla del porche, doblándome sobre esta. Se arrodilló sobre el piso de tablones y haló la soga, asegurándose de que el lazo estaba todavía sobre mi cintura, pero el resto de la soga la tomó y ató a la barandilla inferior. No solo mis brazos estaban amarrados a mis lados, sino que ahora estaba muy seguramente amarrada a la barandilla.

Micah bajó del porche y vino a ponerse de pie delante de mí. Solo tuvo que doblarse un poco en la cintura para quedar mirándonos a los ojos. "¿No está demasiado ajustado?", preguntó él.

Negué con la cabeza.

"¿Puedes mover tus dedos?"

Lo intenté y podía. No estaban entumecidos. Colt metió los suyos debajo del borde de la soga que estaba por mi cintura, mis muñecas, verificándolos.

"¿Estás bien, dulzura?", preguntó él. Se puso de pie y se recostó sobre mí. Sentí el calor de su pecho contra mi espalda, incluso a través de la tela suave de su camisa.

Estaba segura—no iba a ir a ninguna parte—pero no cómoda. "Sí".

"¿Todavía quieres estar a nuestra merced?", preguntó él, besando mi cuello, haló el cuello de la camisa y descubrió mi hombro. Uno de los botones se desabrochó, dándole unos centímetros más de acceso. Micah se acercó debajo de mí, haló un poco más de la camisa para que se separara la tela y mis senos quedaron descubiertos, aunque manteniendo el material entre mi vientre bajo y la barandilla de madera.

Sentí la parte posterior de la camisa de Colt moverse por mi espalda justo antes de que su mano bajara a mi trasero. Me quedé inmóvil ante la picadura caliente de su mano. "Micah te hizo una pregunta, dulzura". La ternura de su voz contradecía la acción.

"Sí, todavía quiero estar a su merced".

Ellos podían ver todo de mí; mis senos estaban expuestos al aire frío y sabía que debía haber una huella rosada en mi cachete derecho. No solo eso, sino por su posición en el porche, Colt no podía perder de vista cada centímetro húmedo de mi vagina. Estaba doblada y completamente abierta. Completamente vulnerable.

No estaba segura de cómo se dio cuenta Colt, pero sus siguientes palabras me tranquilizaron. "Todo lo que tengo que hacer es halar el nudo de la barandilla y serás libre. Solo di la palabra, dulzura, y te dejaremos ir. No tengas miedo".

"Eso es cierto", añadió Micah. "Entrégate y disfruta. Ve cómo te pueden complacer dos hombres cuando todo lo que tienes que hacer es sentir. Puede que te hayamos presionado un poco—puedo saber que no te han dado azotes antes, pero te gusta. Te prometo que te vas a venir".

Jadeé cuando Colt cubrió mi vagina, sintiendo lo húmeda

y ansiosa que estaba. "Le gusta estar amarrada. Saber que no hay nada que pueda hacer sino tomar lo que sea que le demos".

Introdujo un dedo dentro de mí y gemí. Me dio un azote otra vez y me apreté contra el único dígito. Gemí. Colt maldijo mientras cubría mi trasero, frotó el área caliente. "Me voy a venir por toda tu piel pálida si sigues haciendo esos pequeños sonidos sexys".

"Nunca antes has sido amarrada. ¿Qué más no has hecho?", preguntó Micah. Me miró a los ojos, su mirada acalorada, aunque llena de algo que parecía diversión. "¿Follada desde atrás?" Me estudió. "Hmm. ¿Dos hombres a la vez?"

Me sonrojé, a pesar de que ya estaba doblada sobre una barandilla de un porche y completamente expuesta. "Pensé que eso fue lo que hicimos más temprano".

Él sonrió. "¿Quieres decir chupar el pene de Colt mientras yo te follaba?"

Asentí, mi cabello cayendo por mis hombros. Lo colocó hacia atrás por mí. "Esa es una forma de tomarnos a los dos. ¿Qué te parece tener un pene en tu vagina y el otro en tu trasero?"

El dedo de Colt comenzó a moverse adentro y afuera, follándome lentamente. Algo así como muy, muy lentamente, lo cual estaba acelerando mi motor y molestándome al mismo tiempo. También estaba haciendo que mi cerebro se paralizara.

¿En mi—? La boca se me cayó. Oh sí, la conversación del lubricante. No le iba a preguntar a mi hermana después de saber de la necesidad de lubricante, ni le iba a decir ninguna de las formas que estos chicos intentaron usarlo.

"Um...Les dije que nunca antes he estado con dos chicos".

"¿Entonces nunca antes has jugado por aquí?" Colt deslizó su dedo de mi vagina hacia arriba y sobre mi entrada trasera.

Grité y mis ojos se ensancharon mientras tocaba ese lugar tan íntimo. Micah me estaba mirando atentamente y vi la manera en que sus ojos pálidos se oscurecieron con mi conciencia despierta.

No dolió. De hecho, Colt apenas me estaba tocando. En realidad, se sentía muy bien. Pero me apreté abajo instintivamente, lo cual solo me hizo sentirme vacía y querer ser follada. Suplicaba por sus penes grandes. No en mi trasero—de ninguna manera.

"¿Empacaste el lubricante que mencionó tu hermana?", preguntó Colt, continuando con los círculos en su dedo, el movimiento fue fácil porque estaba pegajoso con mi excitación.

Cerré los ojos, me mordí el labio mientras Colt usó su otra mano—imaginaba que era su otra mano porque no tenía idea de cómo podía ser tan hábil de lo contrario—para encontrar mi clítoris y comenzar a jugar.

"¿Lo hiciste?", repitió Micah, frotando un nudillo sobre mi pezón.

Asentí y jadeé con la sensación. Mi respiración salió en jadeos como si estuviese corriendo un maratón en vez de permanecer completamente inmóvil. No sabía en dónde concentrarme. Mis pezones se apretaron por el tacto suave, mi clítoris se inflamó, mi vagina se sentía completamente ignorada y mi trasero, bueno, tenía terminaciones nerviosas echando chispas y disparos. Me iba a venir.

Meneé mis caderas y moví mis pies—lo único que podía hacer amarrada como estaba. Mis dedos se apretaron en puños a mis lados. "Me voy a—¡oh dios!"

Me vine. Duro. Ridículamente duro porque ellos no estaban haciendo mucho más que acariciarme. En lugares bastante específicos.

Grité. No había ninguna manera en la que pudiese

mantener los sonidos adentro, la única salida que tenía para liberar el escape.

"Buena chica", canturreó Micah en mi oído, besando el remolino externo, después todo mi cuello. Levanté la cabeza para que nos pudiéramos besar. Instantáneamente abrí la boca, encontrando su lengua con la mía. Necesitaba más, estaba voraz y ansiosa.

Sentí un pequeño tirón, después la liberación de la soga. "Has estado amarrada bastante tiempo, dulzura". Las manos grandes de Colt frotaron mis brazos arriba y abajo y tomó mis manos, las colocó sobre la barandilla. "Eso no significa que queremos que te muevas. Quédate justo ahí", advirtió él. Suponía que me azotaría otra vez si no obedecía.

Yo estaba demasiado caliente, demasiado ansiosa por ellos para discutir así que permanecí doblada sobre la barandilla. Micah se apartó y escuché sus pisadas sobre las escaleras y dentro de la cabaña. Regresó rápidamente y escuché el sonido de una tapa de plástico justo antes de sentir el chorro frío del lubricante.

"No entrarás", dije, levantándome un poco y mirando por encima de mi hombro. Colt puso una mano en el centro de mi espalda y me empujó hacia abajo nuevamente con gentileza.

Con su otra mano, comenzó a jugar con el agujero de mi trasero otra vez, introduciendo el lubricante. Añadiendo más, después presionando contra mi agujero no explorado. "No habrá penes aquí esta noche, dulzura. Solo jugaremos. Prepararte para cuando sí te tomemos. Lo vas a amar. En ese momento y ahora".

Tenía una deliciosa sensación de que tenía razón. No habían hecho nada que no hubiese amado hasta ahora, pero era difícil pensar en sus palabras—cuando sí te tomemos—porque eso significaba que ellos realmente querían más que solo esta noche. Yo solo estaba en Montana por la semana, después regresaría a Los Ángeles, al grupo que era mi vida. A las mentiras que sea que estaban esparciendo las revistas.

"Ah, dulzura. ¿A dónde fuiste justo ahora?"

"¿Qué?", pregunté.

Colt me dio un azote juguetón en el trasero. "Tu mente fue a otro lugar. ¿Estoy perdiendo mi tacto?"

Tuve que reírme y estaba impresionada de que lo hubiese notado de alguna manera. Tuve que preguntarme si era un lector de mentes, aunque debo haber apretado mis dedos sobre la barandilla o algo. Su tacto estaba sobre mi clítoris y mi trasero. Cuando presionó su dedo un toque más fuerte, mis músculos de resistencia se rindieron y se introdujo dentro de mí hasta el nudillo. Pegajoso y duro, apenas violó mi trasero. Eso fue suficiente. Wow.

"No. Estoy de vuelta. Justo aquí. Oh..."

"Buena chica", dijo Colt.

Escuché el sonido del envoltorio de un condón, después la apertura de un cierre. "¿Ya Colt te dejó lista para mí?"

Volteando la cabeza, vi que Micah se había quitado su camisa y abierto sus pantalones, su pene duro enfundado y listo para mí. El cabello de su cabeza estaba más oscuro—como si hubiese sido decolorado por todo el tiempo en el sol—que los vellos de su pecho.

Oh, sí. Estaba lista para él. Todo lo que pude hacer fue asentir mientras Colt se apartaba del camino y Micah se colocaba detrás de mí. Sentí el empujón de su pene en mi entrada, el chorro frío de más lubricante. "¿Lista?"

Su pene presionó adentro y también lo hizo su pulgar en mi trasero. Bajé mi cabeza a mis manos, asentí.

Mi cabeza se levantó y arqueé la espalda cuando me llenó. Ambos agujeros. Cuidadosa, pero insistentemente. Nunca nadie me había hecho esto antes.

Mi vagina estaba tan húmeda, podía escuchar el sonido de ella. ¿Pero el pulgar de Micah? Santo cielo. Nunca me había sentido tan llena. Una mano agarró mi cadera y comenzó a moverse. Mis senos rebotaron y presioné hacia atrás, deseando más.

"Te gusta, ¿cierto? Imagina lo que será con un pene en tu trasero en vez de mi pulgar", dijo Micah. Su voz fue un gruñido y sabía que estaba teniendo problemas para incluso hablar.

"Es tan bueno. No lo sabía", suspiré, mis dedos blancos sobre la barandilla. "Más".

Esto no era dulce ni manso. No, era salvaje. Desinhibido. Tan completamente opuesto a mí. O lo que pensé que era yo. Hasta ahora.

Ahora algo se quebró dentro de mí y no creía que alguna vez pudiera regresar.

Los choques de las caderas de Micah contra mi trasero se hicieron más rápidos. Más duros.

Colt se arrodilló, se recostó contra la barandilla, se acercó y frotó mi clítoris.

"Ahora, dulzura".

Sí, eso fue todo lo que tomó. Solo el ligero roce de su dedo.

El sudor llenó mi piel mientras me apretaba y contraía sobre el pene de Micah y pulgar. Ellos no dejaron de moverse, adentro y afuera, mientras me venía.

"Demasiado. Demasiado bueno", gruñó Micah, después se detuvo profundo. Sus dedos dejarían moretones en mi cintura, estaba segura, pero no me importaba.

Ellos me deseaban a mí, tanto que perdían sus cabezas. Saber que les hacía eso a ellos era poderoso. Embriagador.

"No creo que alguna vez vaya a tener suficiente", suspiró Micah mientras se salía cuidadosamente.

Me puse de pie, me sentí usada y saciada, relajada y no pude evitar la sonrisa que se esparció por mi rostro.

"¿A qué se debe esa mirada, dulzura?", preguntó Colt.

Levanté la mirada, lo estudié. Desde su mirada casi negra, su mandíbula apretada, hombros anchos y hasta abajo hacia el pene duro detrás de sus pantalones. "A ustedes. Es todo por ustedes".

No había terminado. Solo estaba comenzando. Estos dos me hacían insaciable. Como si me gustara—no, amara—el juego del trasero, entonces tenía que haber más por descubrir. Y con estos dos, lo hacían fácil, era libre de riesgos divertirse y explorar. Descubrirme a mí misma y lo que era esto entre nosotros.

"Hiciste lo tuyo, vaquero. Ahora es mi turno". No sabía de dónde vino el tono picante, y la sonrisa en el rostro de Colt decía que le gustó.

Micah había ido adentro, muy probablemente a quitarse el condón, y Colt y yo estábamos solos.

"¿Quieres estar a cargo?", preguntó él levantando una ceja.

"Lo quiero". Lo empujé por el pecho y dio un paso atrás. Si no hubiese querido, de ninguna manera hubiese sido capaz de moverlo. Él era demasiado grande. Demasiado fuerte.

Se volvió a sentar en la silla de Adirondack con un empujón final, sus manos puestas en el reposa brazos. Me subí a su regazo, monté sus caderas. Mirándolo a través de mis pestañas, dije: "Aprendí a montar un caballo. ¿Crees que pueda montar un vaquero?"

Mis dedos buscaron a tientas el botón y el cierre de sus pantalones y rápidamente descubrí que eso era todo lo que tenía puesto. Su pene cayó en mis manos. Micah regresó. Dejó un condón en el reposa brazos, después se movió para recostarse contra la barandilla, sus piernas largas estiradas. Con sus manos en la barandilla a cada lado, se acomodó para mirar.

"Ponlo", dijo Colt, señalando el condón con su cabeza.

Con un deseo que me sorprendió, coloqué el condón en su pene duro, después me coloqué de rodillas. La camisa de

Colt solo tenía unos cuantos botones sosteniéndola al final, pero mis senos todavía estaban expuestos. Era casi como a escondidas y parecía un poco más erótico; llevar la camisa del chico que estaba a punto de follar era totalmente ardiente.

Colt no me tocó, solo presionó la cabeza contra la silla y observó. Su pene era tan grande, era fácil dejar que se introdujera en mi vagina, después acomodarse en mi entrada. Me encontré con su mirada, la sostuve mientras descendía y comenzaba a montarlo.

Su mandíbula se apretó mientras hacía círculos con mis caderas, comencé a moverme más rápido. Se inclinó hacia adelante, atrapó un pezón succionándolo. Mis músculos internos se apretaron mientras lo hacía.

Con este nuevo ángulo lo tomaba tan profundo, ofreciendo una ligera sensación de dolor, tímido de incómodo.

"Esto, dulzura", dijo Colt, su aliento soplando mi punta húmeda. "Esto es especial. Lo que tenemos, demonios, es tan bueno".

"Sí", estuve de acuerdo. Era casi demasiado bueno.

Me iba a venir otra vez, mi clítoris frotándose contra él cada vez que lo tomaba profundo.

"Eres nuestra, Lacey". Las palabras de Micah salieron desde detrás de mí, pero estaba demasiado perdida en mi placer para procesarlas.

Las manos de Colt vinieron a mis caderas finalmente, me ayudaron a montarlo hasta que nos vinimos, nuestros gritos se mezclaron, hasta que me desplomé sobre su pecho duro, escuché el latido frenético de su corazón. Sabía que encajaba con el mío.

Puede que esto fuera un festival de sexo, pero Colt tenía razón. Esto era especial. Es solo que no sabía qué hacer al respecto.

11

MICAH

"Esto es todo entonces", dijo Lacey después de que la ayudé a bajarse de su caballo. Estábamos enfrente de su cabaña de vuelta en el Desembarque de Hawk y estaba nerviosa y mirando a cualquier lugar excepto a nosotros. Era casi mediodía; ella se había dormido parte de la mañana. Estaba acostumbrado a levantarme temprano, pero no me había importado estar acostado en la cama mirándola dormir. Fue solo cuando ella accedió que la reclamamos otra vez. Sí, la reclamamos.

Puede que ella no se haya sentido de esa manera con respecto a lo que hicimos, pero no había duda para mí. A pesar de que fuimos juguetones y salvajes con ella la noche anterior, fuimos amables con ella, lentos, persuadiendo sus orgasmos uno tras otro antes de que la cargara hacia el lago.

Por esa razón, sus palabras fueron como una explosión. Pensó que habíamos terminado.

"¿Esto?", pregunté mirando a Colt. Su mirada estaba en la sombra por su sombrero, pero podía ver la forma en que su mandíbula se apretó. No estaba complacido de que ella pudiera dejar ir fácilmente lo que compartimos.

¿O era un mecanismo de defensa? ¿Estaba diciendo que se había terminado ella primero solo para evitar que nosotros lo dijéramos? No teníamos ninguna intención de hacerlo, y era nuestro trabajo hacérselo saber.

"Nuestro amorío".

"¿Amorío?", preguntó Colt, dando un paso hacia ella, tomando su barbilla y levantando su cabeza hacia arriba para que tuviera que mirarnos a los dos. Nos pusimos de pie delante de ella. Cerca, pero no demasiado cerca. Mientras que todos en Bridgewater estaban bien con los tríos, los huéspedes del Desembarque de Hawk no eran de la zona. Como Lacey, ellos no sabían sobre nuestras preferencias. Si bien nadie se sentía avergonzado de sus relaciones, tampoco hacían alarde de ellas. Yo no estaba avergonzado de lo que sentía por Lacey, lo que compartiría con mi mejor amigo, pero era obvio que Lacey no estaba ahí todavía.

"Esto no es un amorío, dulzura. Ve a darte un baño y volveremos en una hora para llevarte a almorzar. Creo que hay una barbacoa en el campo sur".

"Espera". Levantó su mano. "Hablas en serio, ¿no es así? ·

"¿Sobre la barbacoa? Demonios, sí. El cocinero es famoso por sus filetes".

Puso los ojos en blanco. "No la barbacoa. Nosotros".

"¿Alguna vez hemos dicho lo contrario?", pregunté. "Hablamos en serio como pueden hacerlo dos hombres".

Negó con la cabeza. "Pero…una cosa es estar juntos en la cabaña de una montaña—"

"Y en el porche", interrumpió Colt para decir.

"Y el lago", añadí, mi pene poniéndose duro. "Te mantuve caliente mientras te follaba en esa agua clara".

Sonreí por su lindo rubor. Sí, había sido así de bueno. Ella tuvo sus piernas enrolladas en mi cintura mientras yo la llenaba. El agua estaba fría en la montaña, pero yo la mantuve caliente. Vi a Colt recostado sobre la barandilla del porche, observando.

"Eso es todo. Yo no puedo...no puedo hacer eso aquí con ustedes. Hay personas cerca". Miró a la izquierda y a la derecha, pero no pudo ver demasiado a través de nosotros. Estábamos bloqueando su vista del resto del rancho, aunque no había mucho que ver, su cabaña estaba bastante lejos de las otras. Era perfecta para una luna de miel, o para dos hombres interesados en una señorita.

"Somos caballeros", le recordé mientras colocaba una mano en su hombro. Llevaba puesta la misma ropa del día anterior, no la camisa de Colt. Era perfecta como estaba, especialmente porque sabía que estaba toda sucia por Colt y yo tocándola. "Lo que hacemos contigo es privado. Solo entre nosotros. No te vamos a lanzar sobre la mesa del bufet y hacer lo que queramos contigo".

Colt me miró, se volvió a poner el sombrero en la frente. "No, eso lo haremos más tarde. Después del picnic te llevaremos a mi rancho. Quiero que lo conozcas".

Había hablado sobre eso en nuestro viaje de regreso, compartiendo su agenda para terminar la casa principal, el establo, su plan para entrenar caballos—y la idea de mover la base de mi negocio para allá. Ella estuvo interesada, viendo claramente que eso lo apasionaba. Ella era una mujer de carrera, tenía sus propios sueños y pasiones y los estaba siguiendo. Entendía que era crucial tener una vida que te hiciera sentir bien.

Miró entre nosotros, debatiendo. Colt no dejaría ir su barbilla hasta que tomara la decisión. La decisión correcta, la cual era "sí".

"Está bien".

"Una hora, Lacey", dije.

"Si llegas tarde, te meteremos en tu cabaña y azotaremos ese trasero dulce tuyo antes de irnos".

La dejamos ahí, su boca colgando abierta y sus mejillas sonrojadas incluso más calientes mientras nosotros llevábamos los caballos hacia los establos.

* * *

Lacey

Aparté el teléfono de mi oreja mientras mi hermana gritaba. "Oh dios mío. Oh dios mío. ¡Oh dios mío!"

Puse los ojos en blanco.

"¡Basta!", gruñí.

"Lo haré…lo prometo. Oh dios mío".

Había estado diciendo eso una y otra vez durante el último minuto. La llamé para contarle todo. Bueno, casi todo. No me lo podía quedar para mí sola. Era demasiado loco. Demasiado abrumador.

"¿Fueron buenos?" Antes de que pudiera responder, parloteó: "Por supuesto que fueron buenas. Apuesto que tenían penes monstruosos, ¿no es así?"

Pensé en Micah y Colt, y en sus penes. Sí, ellos entraban en la clasificación de tamaño monstruoso.

"Bueno, dame los detalles. Cada uno de ellos".

Me senté en la orilla de mi cama. Esta cabaña era rústica, pero tenía más comodidades que la otra en las afueras del pueblo. La única que probablemente recordaría por el resto de mi vida. Tener un baño—un retrete y una ducha—definitivamente eran ventajas. Pero estaba toda sola. De alguna manera, extrañaba a Colt y a Micah. Habían pasado diez minutos desde que se fueron al establo y fui capaz de comerme con los ojos sus espaldas perfectas de vaqueros.

"Hubo una tormenta", aportó ella. "Comienza ahí. No dejes nada afuera".

Tuve que reírme. Por primera vez, Ann Marie estaba viviendo indirectamente a través de mí. Hace años estuvo un poco sorprendida por mi trabajo, por la fama. Pero rápidamente aprendió que ser una estrella no era todo lo que parecía ser y comenzó a simpatizar con mi vida muy protegida—y completamente expuesta. Y se casó con el Sr. Perfecto. Alto, moreno, atractivo…y rico. Gabe era todo lo que una mujer podía desear, no es que Ann Marie fuese un caza fortunas. Pero él estaba realmente enamorado de mi hermana y eso era todo lo que importaba. Yo renunciaría a mi carrera y a mi fortuna por un amor verdadero como el de ella.

Ahora era su turno de ser la envidiosa.

"Tengo menos de una hora para arreglarme antes de que regresen".

"¿Van a regresar?", gritó otra vez. "Lacey, ¿eso significa que quieren más? ¿No fue solo un rollo de una noche?"

"Quieren algo para toda la vida".

Eso la calló. La llamada estaba completamente en silencio y me aparté el teléfono de la cabeza otra vez para asegurarme de que no se había caído la conexión.

"Lo siento, ¿qué? ¿Para toda la vida? ¿Como a…largo plazo?"

"Estoy bastante segura de que eso es lo que significa para toda la vida", dije. Tiré de la bonita colcha de la cama.

"Sí, pero… ¡los acabas de conocer! Y hago énfasis en ellos. ¿Si quiera tuvieron tiempo de hablar?"

No pude evitar sonreír, a pesar de que ella no podía verlo. "Sí, hablamos. Y con respecto a lo de ellos, Bridgewater acepta matrimonios en plural".

"¿Matrimonio? ¿Quieres decir que se quieren casar contigo? Lacey, o estuviste increíble en la cama o estos hombres... ¿qué? ¿Tuvieron amor a primera vista?"

Sentí un poco de dolor por sus palabras, que yo no valía un compromiso para toda la vida.

"No quise decir eso", continuó avanzando como si aliviara mis sentimientos. "No sobre tus increíbles habilidades en el sexo, las cuales estoy segura que son fantásticas, pero por supuesto que se enamorarían de ti enseguida. Eres fabulosa y si ellos ven eso en ti, entonces me gustan".

Pensé en Micah, su actitud tranquila, su sonrisa rápida. Después en Colt, con su conducta intensa y aun así un tacto suave. ¿Era posible que fuera amor a primera vista?

"Nunca usaron la palabra "A"", le dije. "Pero ningún chico usa la palabra "P" tampoco si no lo dice en serio".

"¿Ellos no maldicen?"

Me sentí bien al reírme. "No, no esa palabra con la "M". Quiero decir para siempre. Ningún chico diría que quisiera un para siempre si no lo dijera en serio. Quiero decir, si quisieran seguir teniendo sexo conmigo, pudieron haber dicho que nos divertiríamos el resto de mis vacaciones. Una fecha clara de culminación. Pero no. Ellos no se rindieron con eso".

"Wow".

"Yo fui la que dijo que solo quería una noche".

"¿Lo hiciste?", preguntó ella. "Espera". La escuché tapar el teléfono, su voz se apagó por un minuto. "Gabe dice que los quiere conocer. No te cases con ellos hasta que él haga una investigación sobre ellos".

Me puse de pie, fui hacia la ventana y miré afuera hacia el riachuelo. Estaba corriendo un poco más alto de lo que lo había hecho el día anterior, la tormenta trajo un montón de lluvia.

"Él es el que se escapó contigo", le recordé a ella. "Puede

que lleve una empresa de alta tecnología, pero no va a investigar a Colt y a Micah".

"Colt y Micah", repitió ella, pero sabía que se lo decía a Gabe. "No ha dicho sus apellidos. No, me matará. Sí, trabajan para el rancho de huéspedes".

"Ann Marie", gruñí.

"Deja que haga lo suyo. Él es tu hermano ahora y también te protege", contestó ella, después susurró: "Bien, se fue a jugar golf. Ahora cuéntame sobre el sexo".

Hablar con ella era como un caso malo de whiplash.

"Increíble".

"Yo te cuento sobre mi vida sexual", soltó cuando no dije más.

"No, no lo haces. Y por favor, no empieces ahorita". Yo amaba a Gabe, pero no quería saber sobre lo que hacían mi hermana y él juntos. Era una cosa cuando estábamos más jóvenes y salíamos con un montón de chicos diferentes, pero tenía que reunirme con Gabe por el resto de mi vida.

"Bien. Pero al menos me tienes que decir cómo es estar con dos chicos a la vez. No todos los días una mujer toma a dos vaqueros".

Entré al baño, me puse de pie delante del lavabo y me miré a mí misma en el espejo. Estaba un poco destruida, mi cabello un enredo salvaje. Primero se había mojado en la tormenta, después se secó cuando me dormí, después una noche de sexo, después una sumergida sexy en el lago. Mi estilista del set de grabación se moriría, pero sonreí. Tenía un cabello de solo he estado bien follada.

"No los tomé a los dos a la vez", admití.

"Quieres decir—" Se aclaró la garganta. "¿No usaste el lubricante?"

Recordé estar siendo doblada sobre la barandilla del porche, el chorro de lubricante y el juego de los dedos de Colt. El pulgar de Micah mientras me follaba.

"Usamos el lubricante, pero no para lo que estás pensando. Al menos no todavía. Ellos dijeron que necesitaba estar preparada primero. Solo fue un juego".

"Oh dios mío". Lo dijo unas pocas veces más. Estábamos de vuelta a eso otra vez. Suspiré, pero se sintió bien que a ella le gustara lo que había hecho. No debería necesitar aprobación, pero una chica necesitaba a su hermana algunas veces.

"¿Sabes lo que eso significa?", preguntó una vez que se compuso.

"¿Qué tendré sexo anal en el futuro?"

"Eso, pero que significa para siempre".

Me senté en el borde del pie de la bañera. "¿Cómo el lubricante significa para siempre? Ellos podrían simplemente querer hacerlo los dos y dejar marcas en sus cabezas".

"Cierto, pero no con estos dos. Ellos no son jugadores. Son vaqueros honestos con Dios, de la vida real, honorables".

"A los que les gusta follar", añadí. "Bastante".

"Incluso mejor. Me has dicho lo que quieren. ¿Cómo te sientes con respecto a ellos?"

Me puse de pie, metí el teléfono entre mi mejilla y mi hombro y me quité las medias y los pantalones. Tenía que hacer varias cosas a la vez aquí si quería estar lista para Micah y Colt en el tiempo de una hora que me dieron. La idea de azotes tenía mis pezones duros, pero necesitaba un respiro. Estaba un poco inflamada. Era su intensidad, sin embargo, que me tenía deseando un pequeño descanso de mis momentos sexys. Tenía que descubrir lo que quería de ellos. Y la pregunta de Ann Marie fue oportuna.

¿Cómo me sentía con respecto a ellos?

"No sé mucho sobre ellos. Micah dirige una compañía de aventuras en el exterior y Colt, a pesar de que trabajo aquí en el Desembarque de Hawk, tiene una tierra que quiere convertir en su propio rancho".

"¿Familia?"

"¿Quieres decir si están casados?", pregunté.

Suspiró. "No. Quiero decir padres, hermanos".

"Unos viven aquí, los otros se mudaron a Arizona. Todavía casados por lo que dijeron".

"Entonces tienen empleos, no viven en el sótano de sus padres. Te mantuvieron a salvo en una tormenta peligrosa y te mantuvieron bastante caliente la noche anterior".

"No sé si tienen alergias a las comidas o si dejan la tapa del retrete abierta. No tengo idea de si tienen una adicción a los juegos o si uno de ellos tiene una casa llena de periquitos".

"¿Periquitos?"

"Sabes a lo que me refiero. No sé nada sobre ellos".

"Mientras que sabía que Gabe no tenía ningunas aves tropicales en su casa, no supe que tomaba jugo de naranja directo del cartón hasta que estábamos comprometidos y ni siquiera me había dado cuenta de que se afeitaba las pelotas hasta que lo vi en la ducha hace dos días".

Estaba levantando mi camisa por encima de mi cabeza cuando dijo lo último y me detuve, imaginándome horrorizada a Gabe afeitándose las pelotas, y me enredé.

Cuando me puse el teléfono de vuelta en el oído, tuve que gritar. "Ann Marie, te lo dije. "¡Demasiada información!"

"Lo siento, pero entiendes la idea".

"Entendí la idea sin saber sobre las pelotas de Gabe".

"¿Entonces cómo te sientes con respecto a ellos? Tus vaqueros, no las pelotas de Gabe".

Bajé la mirada, vi el chupetón en la parte superior de mi seno derecho. No recordaba exactamente cuándo lo obtuve, pero sí que recordaba las atenciones bastante serias y preciadas que Micah le dio a mis senos.

"Me gustan. Les gusto. La verdadera yo. Ellos saben lo que hago, les conté, pero no saben nada del programa y no parece importarles que sea famosa".

"Cariño, por lo que suena, pudiste haberles dicho que eras una criadora de periquitos y no les hubiese importado".

"Ese es mi punto. Quieren estar conmigo. Fue la primera vez en…bueno, siempre, que no tenía que fingir. No tenía que pretender ni actuar. Y ellos no son para nada como los chicos que conozco en Los Ángeles. Son reales. Honestos. Es…sencillo".

"Así es cuando sabes que es algo verdadero".

"¿Qué? ¿Sencillo?"

"Sí. Solo es eso". Su voz había cambiado de loca y gritona a hermana tierna. "¿Ahora qué?"

"Ahora debo apurarme y tomar un baño para ir a una barbacoa con ellos".

"Está bien, te dejaré ir, pero quiero escuchar más sobre esto de Bridgewater. Haré que Gabe lo investigue".

Gruñí, después me reí. "Hablamos más tarde".

"Diviértete—¡usa condones!"

Colgué, lancé el teléfono a la cama sonriendo. No podía evitarlo. Tenía a dos hombres que estaban interesados en mí. No solo uno. Dos. Se sentía realmente bien. No tanto como amor, pero increíble. Me dejaría llevar. Vería a dónde iba esto. En el peor de los casos, estaré marchándome en unos cuantos días con un amorío increíble para recordar. En el mejor de los casos…bueno, esto todavía no estaba decidido.

12

MICAH

"¡Eres Jane Goodheart!"

"Oh dios míooooooo, he estado enamorada de ti desde que Ramos, el hombre malvado, te mordió y te convirtió en vampiro. ¿Dónde está Kade?"

Le habíamos dado los caballos a los chicos que están trabajando en el establo y nos duchamos en la habitación de los empleados antes de buscar a Lacey en su cabaña. Si hubiésemos sabido que la iban a acosar en el almuerzo al aire libre, lo habríamos evitado por completo.

Pero realmente no teníamos idea de lo famosa que era.

Cuando tocamos su puerta ella estaba lista, vestida en un lindo vestido de día. Era modestamente corto, pero no podía perder de vista sus curvas deleitables. Mi pene se puso duro al verla, sabiendo exactamente lo que había debajo, pero como era recatado, aseguraba que nadie más lo hiciera.

"¿Está bien esto?", preguntó ella mirando su atuendo.

"¿Para el picnic? Sí. ¿Para mantener nuestras manos lejos de ti? Va a ser difícil", dijo Colt, moviéndose su pene en sus pantalones limpios.

"Eso no es lo único", respondió sonriendo.

Colt cubrió su cintura, la acercó para besarla. Él enrolló sus caderas y supe que ella lo sintió. "Jodidamente cierto. ¿Estás segura de que no nos podemos quedar aquí y tener nuestro propio picnic?" Colt se acercó, murmuró en su oído. "Tomaríamos turnos para comerte".

Lacey se lamió los labios y vi el calor en sus ojos. Ella sabía que seguiríamos las palabras de él si ella decía que sí. "Oh no. Quiero un poco de esa barbacoa. Se me ha despertado el apetito". Pasó entre nosotros y bajó las escaleras como si tuviera que alejarse de la cama—y de la privacidad—como fuera posible para asegurarse de que no nos metiéramos entre sus muslos.

Llegamos a la línea del bufet y teníamos las manos llenas de platos con carne asada, ensalada a los lados y fruta cortada en trozos, cubiertos y bebidas. Pero una pareja bloqueó nuestro camino hacia una de las mesas de picnic esparcidas por el área plana detrás de la casa principal, deteniéndonos. O al menos deteniendo a Lacey.

Tenían unos treinta años, con sonrisas grandes y ansiosas. El hombre llevaba pantalones y una camisa azul pálido de golf con zapatos deportivos. La mujer llevaba una falda negra y una camiseta blanca con botas de vaquera. Por sus acentos sureños, asumía que sus zapatos estaban nuevos.

La esposa, que tenía que tener unos cinco pies de altura, empujó a Colt para apartarlo del camino, su limonada derramándose por los bordes de su copa y cayendo a su mano. Lacey dio un paso atrás, chocando contra mí. Su cola de caballo rozó mi plato antes de que pudiera apartarlo y tenía ensalada de papas en las puntas.

"Oh um…gracias", murmuró Lacey. Por un segundo,

cuando el tipo dijo que ella fue mordida y convertida en vampiro, mi mente se detuvo. Pensé que el tipo estaba loco. Su nombre no era Jane Goodheart. Deben haberla confundido con alguien más, pero después recordé que ella había dicho que participaba en un programa de televisión de vampiros.

La pareja, que tenía la sonrisa más grande y más tonta, miró alrededor. "¿Dónde está Kade?"

¿Quién demonios era Kade? Observé como Colt colocó su comida sobre la mesa, se limpió la mano con una servilleta y observó atentamente. No creía que él golpeara a la pareja al suelo porque eran huéspedes del rancho, pero estaban en el rostro de Lacey. No solo era ella una huésped, sino que también era nuestra. Si necesitaba protección, incluso por este dúo, Colt intervendría. Yo también lo haría, el filete estaba condenado.

"Kade no es real. Ella solo es un personaje en el programa", les dijo Lacey.

Sus expresiones cayeron como si les hubiesen dicho que no había Santa Claus.

"Sí, ¡pero tú eres Jane! Entiendo si estás tomando unas vacaciones—¿no es fabuloso este lugar? —pero Kade debería estar contigo".

"Realmente yo no soy Jane", aclaró Lacey.

La mujer agitó su mano como si no le creyera. "¿Qué le hiciste a tu cabello? Casi no te reconocemos".

No era un experto de los estilos de cabello de las mujeres, pero su cabello lucía bien para mí. No veía ninguna diferencia en ello desde hace una hora.

Lacey levantó su mano a un lado de su cabeza, la llevó por su cola de caballo, frunció el ceño cuando sintió los trozos de ensalada de papa. La mujer se acercó con su servilleta y limpió la comida, se quedó mirándola. "¡Oh dios mío! Esto estaba sobre Jane Goodheart. ¿Le darías un autógrafo? ¡Podría venderlo en eBay por cientos de dólares!"

Bajé mi comida y—figurativamente y literalmente—me puse entre la pareja y Jane...Lacey. Se habían pasado de la raya. Completamente en el rostro de Lacey. "Vamos a dejarla comer su comida", dije.

La pareja no estaba entendiendo nada. "¡Oigan todos, es Jane!"

Las personas estaban mirando por la escena que estaba haciendo la pareja. Escuché unos murmullos sobre reconocer a Lacey, pero a ellos no parecía importarles realmente. Algunas personas reconocían los límites.

"Si firmo algo para ti, ¿me dejarás comer mi almuerzo?", preguntó Lacey. Pude escuchar el toque de irritación en su voz, pero su expresión estaba tan dulce como un pastel. Sí, era una buena actriz.

Yo no lo era. Colt tampoco lo era por la mirada estruendosa en su rostro.

"Seguro, seguro", dijo el esposo, sacando un bolígrafo del paquete camuflado gracioso en su cintura. "Aquí. Colócalo para Sam y Belinda".

"No", contestó Belinda mirando a Sam. "Deberíamos simplemente tener el autógrafo para poderlo vender. No es como que hayan otros Sam y Belinda allá afuera".

Pelearon para adelante y para atrás y Lacey agarró la servilleta y el bolígrafo de sus manos, se movió a la mesa más cercana y firmó su nombre, con cuidado de no arruinarlo. Después agarró su propia servilleta e hizo un segundo autógrafo.

Se dio media vuelta. "Aquí. Que tengan felices vacaciones".

La pareja dejó de discutir y miró a Lacey. Tomaron las servilletas y el bolígrafo. "Oh, ¡gracias!" Comenzaron a hablar sobre cómo les gustaba más su cabello rubio a como estaba en este momento. Oscuro. Lacey solo sonrió, tomó su comida y su copa y se marchó. Colt la siguió enseguida, asegurándose de que no hubiera otros fanáticos rabiosos en el rancho de huéspedes. Me quedé atrás y observé como Belinda levantó su teléfono y tomó unas cuantas fotos. "Suficiente", le dije, bloqueando su vista de Lacey.

Fue, quizás, el tono fuerte de mi voz o la forma en que me cerní un pie por encima de ella que la sonrisa se cayó de su rostro y bajó el teléfono.

"Aquí en el Desembarque de Hawk, no toleramos el hostigamiento de otros huéspedes. Creo que te has dado cuenta de que ella fue más que generosa con sus atenciones en sus vacaciones y es hora de dejarla que regrese a eso".

"¡Pero es un vampiro! No debería estar afuera durante el día".

La mujer estaba completamente loca de remate.

"Me aseguraré de ello", respondí, dejándola atrás mientras me acercaba a Colt y a Lacey. Se habían acomodado en una mesa de picnic lejana, solos. Lacey se sentó dando la espalda al resto de la barbacoa, su vista estaba únicamente al campo abierto y las montañas en la distancia. Colt tenía la mirada puesta en el grupo de huéspedes, asegurándose de que ella no tuviese más sorpresas.

Me coloqué al lado de ella, mi muslo frotando contra el de ella. Colt la estaba observando, no comiendo. Su sombrero yacía sobre la mesa al lado de su plato. Lacey estaba tomando su comida con su tenedor.

Me acerqué, inhalé su aroma suave. "¿Estás bien?"
Asintió.

"Cuando dijiste que estabas en un programa de televisión exitoso, realmente ni siquiera pensé en las implicaciones de eso", dije.

Me miró. La mirada descuidada que tenía cuando estábamos en la cabaña a las afueras del pueblo se había ido, o incluso hace diez minutos. "Tengo un montón de fanáticos".

"No va a pasar, dulzura", dijo Colt, no gustándole su respuesta diplomática. "Eres una buena actriz, está bien, escondes tus verdaderos sentimientos, pero no con nosotros".

"¿Quieren que esté molesta, que llore, porque me manosearon el cabello mientras estaba de vacaciones? ¿Quieren que le grite a la pareja por vender ensalada de papa en una servilleta porque tocó mi cabello?" Agarró su cola de caballo, la puso en su cuello para poder mirar la punta, asegurándose de que no quedara nada de comida.

"Eso está mejor", respondió Colt. "Amo saber cómo te sientes, incluso si es rabia. Puedes gritar y llorar todo lo que quieras cuando te llevemos a mi terreno. ¿Está bien?"

Asintió.

"Comamos y nos iremos de aquí".

Tomó su tenedor y pisó su comida. Afortunadamente no se acercó nadie más. Miré por encima de mi hombro y vi a un miembro del personal en su uniforme usual de camisa de golf y pantalones de pie entre nosotros y las otras mesas. Miró a los huéspedes y estaba actuando como un escudo, listo para apartar a cualquier otro loco. Uno de los trabajadores de la barbacoa debe haber informado de la confrontación a la oficina.

"¿Las personas se acercan así a ti todo el tiempo?", preguntó Colt. Cortó un trozo de filete, lo separó con su tenedor.

"Sí, todo el tiempo. No he ido a la tienda de comestibles desde que encontré una foto mía en internet comprando melón. La etiqueta decía que estaba decidiendo qué tamaño de senos quería".

Bajé la mirada a sus senos, un puñado perfecto escondido debajo de su vestido. Eran naturales. Colt y yo lo dábamos por hecho. Y eran hermosos. Con forma de gotas, exuberantes. Rebotaron hermosamente cuando estaba doblada sobre la barandilla del porche y era follada.

Estaba molesto por ella, por algo que había pasado cuando ni siquiera la conocía.

"¿Y tu cabello?", preguntó Colt.

"Ha estado rubio desde el comienzo del programa hace cuatro años. El personaje, Jane, tiene cabello rubio así que tengo que mantenerlo así. Pero cuando encontré a mi especie de ex prometido follando en mi cama, lo perdí. Por eso vine aquí. Para escapar. Ni siquiera estoy registrada, mi hermana lo está. Yo tomé su reservación. Cuando aterricé en Bozeman, hice que el taxi me llevara a una farmacia. Me lo teñí después de que llegué".

"¿Especie de ex prometido?", pregunté.

"Ayer les conté sobre él. Es una estrella de rock y mis personas de PR nos pusieron juntos. Le dieron un giro al hecho de que estábamos saliendo para ganar popularidad".

Colt miró entre nosotros antes de mirar a Lacey. "No parece que necesites ser más popular".

Comió un trozo de carne, asintió. "Cierto. Fue más para Chris que para mí. Necesitaba más atención y yo lo era".

"Entonces ellos te usaron".

Me encogí de hombros. "Así es la industria".

"¿Hacerte tener un prometido? Eso es presionarlo".

"Los medios salieron con eso por ellos mismos. Nosotros no salimos. No realmente. Solo salimos con algunas personas en grupo. A mí ni siquiera me gustaba él. Realmente nunca lo hizo".

No estaba seguro de si debía sentir rabia o pena por ella. "¿Por qué no dijiste que no? ¿Decir la verdad y hacer lo tuyo?"

"Estaba demasiado ocupada con el trabajo como para que me importara. Yo no le presto atención a las revistas. Mi hermana, Ann Marie, sí lo hace, pero yo lo evito porque todo es especulación e insinuaciones".

"Envíale una nota a los medios. O una llamada".

"No les importará", respondió ella. "Cualquier manera para vender revistas". Suspiró, tomó su pan de maíz con el tenedor. "Yo trabajo quince horas al día hasta que la grabación haya terminado. Después, una vez que se termina, hago ruedas de prensa. Por eso es que estaba en Asia. En vez de decir que nuestra relación se había enfriado, dijeron que nos habíamos comprometido. Estaba molesta por eso, pero al encontrarme con que Chris estaba dando una fiesta, arruinando mi casa y follando a una rubia, tuve suficiente". Sonaba más molesta y malhumorada que triste, y eso era algo bueno. Ella fue una alfombra para sus personas de PR. No, no una alfombra. Un peón, y ella los dejó. No parecía como que iba a dejar que eso continuara pasando más. Estaba contento por eso, y si necesitaba ayuda para enfrentar a este imbécil que la usó tanto, o a alguien más, la apoyaríamos.

"Por eso es que estoy aquí. Para alejarme. Para descubrir lo que quiero hacer".

Colt gruñó, tomó un mordisco despiadado de su maíz en la mazorca.

"¿Entonces ya no estás más comprometida de mentira?", pregunté.

"No tengo idea. No voy a entrar en internet y mi hermana no mencionó nada cuando hablé con ella más temprano. Como mínimo, las personas van a comentar sobre mi cambio de color de cabello".

"No te puedo imaginar rubia", dije, recorriendo su cabeza con mi mano, sintiendo las hebras sedosas. Sabía que era una morena natural; la pequeña pista de aterrizaje de su vagina era de una sombra oscura.

"No han visto la televisión. O han visto el internet, o se han parado en la línea de salida de comestibles para ver la diferencia. O cualquiera de las otras cosas que dicen sobre mí".

"Así de malo, ¿eh?", preguntó Colt.

"Así de malo", repitió ella, tomando un poco de sus granos horneados.

"Te quedarás conmigo", dijo Colt.

"Nosotros", corregí. "En mi casa en el pueblo o en la cabaña de Colt en su propiedad. En ningún otro lado. Tu cabaña no es segura con esos locos en el rancho".

"Matt e Ethan se asegurarán de tu privacidad", añadió Colt. "Pero me sentiría mejor si nos pudiéramos hacer cargo de ti".

"No me pueden proteger todo el tiempo", contestó ella.

"¿Oh? ¿Por qué no? Ese es nuestro trabajo ahora", añadí. Ella era nuestra y nosotros protegíamos a nuestra mujer.

La boca se le cayó en sorpresa obvia.

"¿No tienen que trabajar?", preguntó, mirando entre los dos. Esperaba que preguntara después de mi afirmación no tan sutil sobre nuestro rol en su vida, pero ella lo evitó. Eso estaba bien. Por ahora. Este no era el lugar para continuar nuestra charla sobre más con ella.

"Yo no", le dije. "Mi próximo grupo viene la próxima semana".

"Yo haré los arreglos para tomarme unos días libres", dijo Colt. "Estoy seguro de que Matt e Ethan querrán protección personal para el resto de tu estadía. A mí".

"Nosotros", corregí de nuevo.

Ella bajó su tenedor, tomó un sorbo de su limonada. "¿De verdad quieren hacer esto? Yo puedo simplemente quedarme en mi cabaña y leer".

De ninguna jodida manera. Negué con la cabeza. "Eso no es justo para ti".

Se rio, pero no era porque estaba divertida. "Aprendí que la vida no era justa desde hace algún tiempo. Rica y famosa significa que mi vida es un libro abierto. Recuerda, esas personas pensaron que yo era Jane. No Lacey".

"¿Ya terminaste?", pregunté mirando su plato, después a ella. Sus ojos oscuros se encontraron con los míos.

"Sí".

"Vayámonos de aquí".

"¿Estás seguro?", preguntó ella.

Colt se acercó a través de la mesa, tomó su mano. "Dulzura, todo el tiempo hemos estado diciendo que te queremos. Solo a ti. Ven con nosotros".

"No te atrevas a decir que pensaste que era un rollo de una noche", añadí, sabiendo que eso era lo que iba a decir.

Cerró la boca. Sí, tuve razón con eso.

"Lo queremos todo, dulzura". Colt se puso de pie, se puso su sombrero. Me levanté. "Vámonos".

13

OLT

Una vez que pasamos por los portones del Desembarque de Hawk, sentí que podía respirar. Y yo no era el que estaba siendo acosado por sureños mentalmente inestables. Estuve sorprendido cuando la mujer se acercó y limpió la ensalada de papas del cabello de Lacey, después apreció la servilleta como si fuera la Sábana Santa de Turín.

Necesitaba olvidarme de la locura. Y si lo hacía, entonces Lacey necesitaba olvidarlo. Había venido a Montana a tener un descanso y se lo daríamos. La haríamos olvidarse de todo excepto de nosotros.

Había una manera que conocía para distraerla.

"Bragas fuera, dulzura".

Iba entre nosotros en mi camioneta. A pesar de que la habíamos llevado de vuelta a la cabaña a guardar un poco de ropa en una bolsa—esta vez para más que un paseo rápido a caballo—no se había cambiado su lindo vestido de día.

"¿Qué?", preguntó ella, mirándome. Entre nosotros parecía tan pequeña. Jodidamente perfecta. La quería así, entre nosotros pasando por los baches de las carreteras secundarias de Montana por el resto de nuestras vidas.

"Quítatelas".

"¿Por qué?"

"Porque quiero que pases el rato preguntándote cuándo vamos a levantar ese lindo vestido y follarte".

Sus mejillas se sonrojaron y sus ojos se suavizaron.

"Oh".

La mano de Micah encontró el borde y lo deslizó por encima de su rodilla, lo subió hasta su muslo mientras ella levantaba las caderas, bajaba el trozo de lencería y lo sacaba. Los tomé de ella, los metí en el bolsillo de mi camisa. "Ahora muéstranos esa vagina preciosa mientras manejamos. Eso es", añadí cuando abrió más sus rodillas e hizo que el vestido se enrollara alrededor de su cintura. "Un millón de veces mejor que la vista por fuera de la ventana".

Una vez que llegáramos a mi propiedad, le mostraría la gran casa que estaba bajo construcción. Me alejé de la enmarcación cuando la vi por primera vez. Ahora, verla aquí enfrente del comienzo de la casa, contándole de mis planes para esta, quería terminarla tan pronto como fuera posible.

"La estoy construyendo grande para una familia", le dije.

Micah estaba callado, observándola. Pasar de una noche salvaje juntos a una conversación sobre una casa que estaba construyendo—para ella, incluso cuando todavía no la había conocido—para siempre realmente era un avance. Especialmente para una mujer que no era de Bridgewater. Y una mujer que había sido hastiada por las personas durante años.

"Tu propiedad es hermosa. Y tienes razón, es más lindo que cualquier otro lugar que haya visto".

Sonreí ante eso. Me sentía...lleno. Lleno de orgullo, lleno de felicidad y por extraño que parezca, lleno de amor. Esta mujer, mierda, esta mujer me hacía sentir que había más en la vida que un trozo de tierra y un sueño. Ella es lo que habíamos estado esperando, lo que nos había faltado. ¿El destino la puso en nuestro camino?

Me encogí de hombros. No me importaba mientras que se quedara.

"Estoy viviendo en esta cabaña por ahora". Señalé a la casa pequeña atrás en el bosque. La conservaría cuando la casa grande estuviera lista, quizás la use como una casa de huéspedes. "Permíteme mostrarte el interior".

Me miró de lado. "Sé lo que eso significa".

Micah dio un paso hacia ella y deslizó una mano debajo del borde de su vestido. "¿Oh?"

"Significa que quieren pasar un rato conmigo".

"Jodidamente cierto. ¿Estás usando la píldora, dulzura?", pregunté.

Asintió, sus ojos cerrándose porque Micah la estaba tocando con sus dedos. No podía ver porque su vestido estaba metido en la muñeca de él, pero lo podía imaginar. También imaginaba que estaba húmeda y lista para nosotros. Otra vez.

"Buena chica. Los dos estamos limpios así que, ¿esos condones que empacaste? No los necesitaremos. Esta vez te tomaremos desnudos".

"Oh dios", gimió ella.

"Te vamos a llenar", murmuró Micah. "Una y otra vez. Marcarte. No tendrás ninguna duda de a quién perteneces".

"¿Y el lubricante?", añadí. "Lo usaremos. Y tengo un pequeño tapón para ponerte lista para nosotros".

"Esto es demasiada charla", murmuró ella, agarrando el antebrazo de Micah.

Él gruñó, la lanzó por encima de su hombro y la cargó hacia la cabaña. Le dio una cachetada en el trasero en el camino. "¿Crees que hablamos demasiado? Te daré algo para mantenerte callada".

Por las siguientes veinticuatro horas, ella no dijo mucho más aparte de "Más" y "Por favor" y "¡Sí!"

* * *

LACEY

Mi teléfono sonó cuando estaba en el sofá con Micah. Estábamos como dos cucharillas en una gaveta, tomando una siesta. Me habían mantenido despierta toda la noche, tomando turnos para follarme. En vez de usar sus dedos para su juego divertido del trasero, sacaron un tapón anal plateado con una joya rosada brillante en la manilla. Jugaron con eso durante la noche, metiéndolo dentro de mí, después follándome mientras lo usaba, pero lo sacaron cuando finalmente me dejaron dormir. No, cuando finalmente me desmayé por los orgasmos.

Pero esta mañana, me doblaron sobre el sofá y lo pusieron adentro otra vez, esta vez diciéndome que lo usara en la mañana.

Sabía lo que eso significaba—además de caminar un poco extraño. Planeaban follarme juntos. Al mismo tiempo. No solo chupando a uno de ellos mientras el otro me follaba. No, iba a estar entre ellos, uno de ellos en mi vagina, el otro en mi trasero.

Ellos habían dicho que era la última reclamación, que lo harían solo cuando acordara que era suya.

Hasta entonces, no me daban un minuto donde no me recordaran que querían quedarse conmigo. Uno de ellos siempre estaba conmigo—excepto por unos pocos minutos sola en el baño—tocándome, abrazándome, besándome. Abrazándome como lo estaba haciendo Micah ahora.

Había sido un día completo de estar juntos. Bromeando. Follando.

Colt mantuvo su palabra. Me había olvidado de todo excepto de ellos dos. O lo que podíamos ser los tres. Me sentía a salvo y protegida. Amada, incluso. Me gustaba y quería que continuara.

No lo entendía, pero no tenía que hacerlo. Al menos no ahora mismo. Solo había sido yo misma con ellos y quería más.

¿Quería para toda la vida? No tenía idea, pero la idea sostenía una promesa.

Después mi teléfono trajo todo otra vez, recordé que había un mundo real y que estaba esperando. Fui a buscarlo en mi bolsa.

"¿Lacey? Oh dios mío, ¿estás bien?" La voz de Ann Marie sonaba alta a través del teléfono.

Micah se sentó y puso su brazo encima de la parte posterior del sofá mientras me observaba. Estaba sin camisa porque yo la estaba usando. Llevaba puesta su camisa y nada más—excepto el tapón.

"Sí, ¿por qué?"

"No has visto los periódicos, ¿cierto?"

"No". Toda la calma desapareció como un arroyo en una inundación repentina. "¿Por qué? ¿Qué están diciendo?"

"Mira, llamé al Desembarque de Hawk. Hablé con los dueños. Ellos saben que estás con tus vaqueros calientes. Uno de ellos va a ir a buscarte".

"Jesús, Ann Marie, ¿mamá está bien?"

"Mamá está bien. Eres tú la que me preocupa".

"Estoy bien. He estado con Colt y Micah". Estaba callada. "Dime".

La escuché respirar profundo. "Hay fotos. De ti".

Mi corazón saltó en mi garganta. Ann Marie había estado contándome las últimas noticias de las revistas, pero nunca la había escuchado hablar así. Usualmente se estaba riendo. Un bebé alienígena, ese tipo de cosas. ¿Pero esta vez? Estaba asustada.

Micah me estaba mirando atentamente.

"Hay fotos de ti. En un lago. Con un chico".

La boca se me cayó, recordé la única vez que había estado en un lago. Alguna vez. Y había sido con Micah. Desnuda. Follando.

"Eso no es todo", continuó ella. "Hay otra de ti. Um…dios, esto es malo".

"¿Qué?"

"Estás doblada sobre una roca gigante y un chico está detrás de ti. Estás teniendo sexo".

Mis dedos se entumecieron y sentí la sangre abandonar mi rostro. Micah se puso de pie, se acercó al sofá. Levanté mi mano. Lo detuve.

"Eso fue…um, ayer. Aquí, en la propiedad de Colt".

"Sí, se ve que estás disfrutando", dijo ella, su voz llena de sarcasmo. "Los titulares son malos. '¡Eso no es Chris!' es uno de ellos. Otro es 'Lacey Amarra A Un Vaquero' y otro es 'Vampira Zorra'".

"Oh dios mío", susurré. "Cómo—"

"No sé cómo fueron tomadas las fotos o por quién. Pero Lacey, cariño, necesitas salir de ahí".

"Sí, está bien". Mi voz estaba hueca y mi corazón también. Caminé hacia el baño y lo último que vi antes de que cerrara la puerta fue la mirada preocupada de Micah.

Me senté en el borde de la tina, recordando la conversación más optimista que había tenido sentada en una tina diferente el día anterior.

"Mira, Matt va a ir a buscarte. He organizado un avión para que te traiga aquí".

"No voy a ir a Hawái".

"Lacey, estoy de regreso en Los Ángeles. Nos fuimos antes por esto. Iba a ir a buscarte, pero Matt dijo que él se haría cargo de ti, te traería a casa".

Casa. ¿Dónde demonios era casa ahora? Mi casa fue destrozada por Chris. Raramente me quedaba allá, y cuando lo hacía, estaba vacía. Fría. Pensé, quizás, que podía hacer a Bridgewater mi hogar. Con Micah y Colt.

"Oh mierda", susurré.

"¿Qué?"

"¿La primera fotografía del lago? Fue arriba en las montañas cuando estábamos atrapados en la tormenta. Nadie sabía a dónde íbamos, nadie excepto Micah y Colt".

"¿Estás diciendo que uno de ellos tomó la fotografía?"

"Colt estaba en el porche. Observando. Él…tenía un teléfono. Él dijo que llamó a la recepción para dejarles saber dónde estábamos, que estábamos a salvo y que la cabaña estaba siendo usada. Él pudo haberla tomado".

Micah golpeó la puerta. "¿Estás bien, Lacey?"

Mi corazón dio un salto. "¡Hablando con mi hermana!", grité.

"Voy a ir a traer a Colt", respondió él.

Escuché sus pisadas pesadas por todo el suelo de madera y afuera de la puerta de entrada. Colt se había ido más temprano a trabajar en el enmarcado de la nueva casa.

El espacio para eso era grande, y aunque nunca había visto un plano, sabía que serían dos pisos con la mayor parte de las ventanas mirando a las montañas que estaban lo suficientemente cerca para acercarse y tocarlas.

"Ellos dijeron que querían para siempre contigo", dijo Ann Marie.

Intenté tragar, pero había un gran nudo en mi garganta. Dolía, y las lágrimas quemaban mis ojos, después cayeron.

"Sí, lo hicieron". Me puse de pie, me limpié las mejillas

con dedos temblorosos. "Mira, me tengo que ir".

"¿Esperarás a Matt?"

"Por supuesto. No es como que pueda ir a ningún lado a menos que me robe la camioneta de Colt".

"Está bien. Llámame de vuelta. Y pronto. Te amo, hermana".

No respondí, solo terminé la llamada e intenté buscar la peor página web de noticias en la pequeña pantalla. Fue difícil de ver y me limpié los ojos otra vez, y otra vez.

Ahí estaba. Al comienzo de la página principal. Era de mí y de Micah en el lago. Su rostro había sido oscurecido con una herramienta de desenfoque. Mi trasero estaba desenfocado también, para cumplir con las directrices de la Comisión Federal de Comunicaciones, pero no mi rostro. No, eso era lo que las personas querían ver. Era lo suficientemente jugoso. No había duda de que estaba desnuda y de que estábamos follando. Mis piernas estaban enrolladas alrededor de la cintura de Micah y podías ver la curva de su trasero.

Bajé. La siguiente fotografía era solo lo que había advertido Ann Marie. Fue tomada ayer en la tarde. Después de que Micah me cargara hacia la cabaña de Colt y estuvieran conmigo, Colt me había llevado al sitio de la construcción. Cuando terminó, dijo que no podía esperar más para tenerme otra vez y me dobló sobre una gran roca. Tenía puesta la camisa de Colt—les gustaba cuando las usaba y no tenía nada más—y mis sandalias así que fue fácil para él abrirse los pantalones y follarme.

Dios, fui tan ingenua. Tan tonta por pensar que me querían.

Escuché el motor de un auto, el crujido de neumáticos. Matt. Nunca conocí al dueño del rancho, pero estaba contenta de que estuviera aquí.

Salí corriendo del baño y encontré mi bolsa, me puse un par de pantalones.

De repente me di cuenta de que tenía un estúpido tapón en mi trasero. Regresé al baño y lo saqué cuidadosamente—con un montón de muecas—y lo lancé en la cesta de la papelera. Me apreté hacia abajo, mi cuerpo inflamado. Ahora era un recordatorio de lo estúpida que fui. Lo sucia que me sentí con los juegos que hacían conmigo. Dijeron que me reclamarían. ¡Reclamado, mi trasero!

Tuve que reírme de eso mientras me ponía un par de pantalones. Bajando al suelo, agarré mis sandalias que se habían caído debajo del lado de la cama. Me las puse. Agarré mi bolsa, fui afuera, entrecerré los ojos ante el sol brillante.

Matt era moreno como Colt, pero ahí era donde terminaban las similitudes. Él era un centímetro o dos más alto que Micah, pero de hombros anchos, de caderas delgadas. Me vio antes de que lo hicieran los otros, tocó su sombrero.

"Señora". Caminó hacia mí. "Yo soy Matt del Desembarque de Hawk. Lamento que no nos hayamos conocido antes de ahora, y lamento que no lo estemos haciendo bajo mejores circunstancias".

"Matt nos contó lo que está pasando", dijo Colt. Mi corazón se tambaleó. Estaba cubierto en serrín, su cabello corto pegajoso con sudor. Lucía completamente comestible, todo masculino y hermoso. Pero no significaba que no era un imbécil.

Le dije eso. Sus ojos se ensancharon.

"Y tú", señalé a Micah. "Creí en ti. Cada palabra".

"Dulzura, ¿de qué estás hablando?"

"Las fotografías. Ustedes las tomaron. Las vendieron".

Los dos hombres lucieron instantáneamente sorprendidos, después molestos.

"No piensas—", comenzó Micah, pero lo detuve pisando fuerte, tendiendo mi teléfono.

"Sí que pienso. ¿De qué otra forma habría fotografías de nosotros? Follando".

Vi a Matt ponerse rígido por fuera de la esquina de mi ojo, pero lo ignoré y la vergüenza que seguía con él aprendiendo lo que debería haber sido privado. No me importó. Mi vida sexual estaba a todo color para que el mundo entero la viera. Matt solo era una persona de millones afuera.

Micah tomó el teléfono, lo encendió y la pantalla estaba cubierta por el sol. "¡Maldición!", gritó él.

Colt se acercó, lo tomó, bajó la pantalla.

"Nosotros no hicimos esto", dijo él, su voz mortal.

"¿Entonces sucede que hay fotógrafos mirando en los árboles de la cabaña? ¿Cómo supieron ellos que habría una tormenta, que acamparíamos ahí? ¿Que incluso follaríamos?

"Dulzura, nosotros nunca—"

Cerré los ojos, lo bloqueé. Ya no lo podía seguir mirando. Las lágrimas cayeron ahora. No era muy buena estando molesta. Estaba más triste, usualmente, y eso evitaba que peleara. Como ahora. Había terminado. Era justo como siempre.

"Al menos Chris—el ex prometido rockero—no tomó fotografías. Demonios, nosotros ni siquiera tuvimos sexo. Él me usó, sí, pero solo para hacer crecer sus fanáticos. Sabía en lo que me estaba metiendo. ¿Pero esto? Creí en sus mentiras. Todas ellas".

"No me gusta lo que estás insinuando", dijo Micah, su voz fuerte.

"No estoy insinuando", contesté. "Ustedes dijeron por siempre". Me tumbé con la palabra y comencé a llorar.

"Y queríamos decir por siempre".

Resoplé, me limpié las mejillas, me metí en mi modo actriz. Era hora de fingirlo. Salir de aquí, tan lejos de ellos como pudiera. Respiré profundo, incluso formé una sonrisa. Casi dolió hacerlo, pero me la coloqué. Iba a obtener un maldito Emmy por este rol.

"Tiempo pasado. ¿Por qué lo hicieron? ¿Dinero? ¿Las

fotografías te consiguieron el dinero que necesitabas para terminar tu casa, cierto?" Miré de Colt a Micah. "¿Y tú? ¿Lo que necesitabas, fondos para comenzar?" Me encogí de hombros. "Espero que hayan conseguido suficiente. Sé que esas revistas ofrecen un gran negocio. Simplemente pudieron habérmelo pedido. Tengo suficiente para lo que sea que quieran hacer. Ni siquiera tenían que desnudar sus traseros para obtenerlo".

Caminé hacia la camioneta de Matt. Amablemente permaneció en silencio durante todo esto. Agarró la cinta de mi bolsa de mi hombro, me la quitó.

"¿Eso es todo? Nos acusas de vender fotografías de nosotros teniendo sexo a las revistas y después te marchas. ¿No quieres descubrir la verdad? ¿Luchar por nosotros?", preguntó Micah.

No me volteé. "Solo lucho cuando hay algo que merece la pena la batalla".

"Pudiste haber sido tú", contestó Colt. "Contratar a alguien que te siguiera, que tomara las fotografías, para terminar cualquier tipo de relación jodida que tuvieras con tu ex. Quizás tú nos usaste".

Esas palabras hicieron que me volteara. El tono afilado de ellas. Los dos Micah y Colt se quedaron ahí de pie, respirando fuerte, sus rostros sonrojados con rabia.

"Justo como dijo mi hermana, necesitaba echar un polvo. Diría que estamos a la par, ¿no crees?" Les di una última mirada, después corrí hacia la camioneta de Matt. Él estaba ahí para abrir la puerta. "¿Nos podemos apurar?", pregunté.

Asintió, les dio una mirada oscura a los hombres mientras iba al asiento del lado del chofer.

No se demoró, pero se marchó antes de que pudiera comenzar a llorar. Miré a Micah y a Colt por última vez, los dos hombres que se habían robado cada pizca de confianza que me quedaba, y también mi corazón.

14

MICAH

Después de que se fuera Matt, Colt y yo nos quedamos ahí de pie, como idiotas, mirando el polvo levantándose.

"¿Qué demonios acaba de pasar?", pregunté, llevándome una mano a la parte posterior de mi cuello.

Llevaba solo mis pantalones mientras la mujer de nuestros sueños se alejaba, odiándonos.

"Alguien posteó fotografías de nosotros. Mierda, son malos", dijo Colt. Cada palabra la dejaba salir como si escupiera las uñas. "Tenemos que ir detrás de ella".

Negué con la cabeza. Cada molécula de mi cuerpo quería saltar en la camioneta de Colt y perseguirla, pero no iba a escuchar. No ahora. Teníamos que dejarla ir.

"Maldición. No". Expliqué mi razonamiento y aceptó a regañadientes. "Sabemos que no lo hicimos, así que tenemos que averiguar quién lo hizo".

"Jodidamente cierto".

Colt caminó hacia la cabaña, la cabaña que todavía tenía el aroma floral de Lacey en el aire. Agarró su teléfono, se sentó en el sofá y lo frotó con los dedos.

"Pudo haber sido esa pareja de la barbacoa. Ellos estaban locos. Mencionaron vender esa maldita servilleta por cientos de dólares. Quizás querían más".

"Sí, pero ¿quién sabía que estábamos arriba en la cabaña a las afueras del pueblo? Lacey tenía razón. Ni siquiera nosotros sabíamos que íbamos para allá. De verdad, ¿quién podía predecir un maldito acto de Dios?"

No me miró mientras hablaba, sino a su teléfono.

"La colocan como una zorra. Dos hombres en dos días. No hay duda de lo que estamos haciendo con ella".

"¿Nos mencionan a nosotros tomándola juntos?"

Leyó en silencio. A pesar de que quería sentarme al lado de él y leer al mismo tiempo, el teléfono era demasiado pequeño.

"No. Ni nuestros nombres. Solo el de ella. Nosotros somos los 'vaqueros misteriosos' que querían un turno en el rodeo".

"Maldición", gruñí. Pellizqué el puente de mi nariz. "Realmente no crees que ella le pagó a un paparazzi para que la siguiera y tomara las fotografías, ¿cierto?"

Gruñó. "No. Ella no es así. Pero estaba molesto y quería que viera que sus acusaciones eran ridículas. Que había otras posibilidades. En vez de eso, la hice pensar que yo era un imbécil. Que ella era la zorra bonita que se esforzaba tanto por evitar".

"Sí, eso salió al revés".

"No solo tenemos que encontrar a los malditos que hicieron esto y matarlos, después tendremos que arreglar las cosas con Lacey".

No era una orden pequeña. No sabía nada sobre la fama o Los Ángeles o cualquier locura como esta mierda. Pero Matt sí sabía. Él fue un jugador de béisbol profesional. Él podía ayudar. Compartí mis pensamientos.

"Sí, él puede ayudar. También la hermana de Lacey".

"Ella es la que llamó, la que hizo el arreglo para que Matt viniera aquí".

"Entonces es protectora. Tenemos que hacer que esté de nuestro lado".

Colt se puso de pie, agarró sus llaves. "Necesitamos ir a buscar a nuestra chica. Arreglar esto. Demostrarle que la amamos. Después la reclamaremos para que nunca lo olvide. Si tenemos que involucrar a las revistas—con la verdad— entonces lo haremos".

"Absolutamente".

* * *

LACEY

"Tienes que regresar al trabajo la próxima semana", dijo Ann Marie, metiéndose un trozo de palomitas en la boca. Estábamos en el sofá en su gran salón mirando Dieciséis Velas.

"¿Por qué no puedo tener a Jake Ryan?", pregunté, desmayándome por el héroe en la película juvenil de los 80's.

"Lo sé", acordó Ann Marie. "Él es hermoso. Y el Porsche no lo lastima en lo absoluto. Tú tuviste dos Jake Ryans".

Ella no había mencionado el nombre de ninguno el de Micah o el de Colt desde que había regresado a Los Ángeles. Ella organizó un jet privado para que me trajera de Montana, sin decirle a mi firma PR o a nadie más, sin saber quién había tomado las fotos. Matt del Desembarque de Hawk fue muy amable, intencionalmente callado durante todo el viaje a Bozeman. Me prometió que investigaría la violación de la privacidad de los huéspedes y que regresaría a mí. Todavía no había sabido nada de él.

Tampoco había mirado ningún periódico, revista, ni había visto la web. Ann Marie felizmente agarró mi teléfono y evité cada computadora en su casa. Me dijo que uno de los periódicos tenía un artículo de que Chris había seguido adelante. Él era noticia vieja. Lo que hacía con su banda dependía de él, o cualquier chica a la que le hablara después.

No había ido a mi propio lugar. No tenía ningún interés. Después de la fiesta que había hecho Chris, no tenía idea de la condición. Gabe había sido genial. Hizo que un equipo de su empresa fuera y empacara mis cosas personales; ropa y similares y lo trajeron aquí. Después trabajó con un corredor de bienes raíces para poner la casa en venta.

No iba a regresar. No solo a mi casa grande y vacía en el medio del pueblo, sino con Chris. O mi trabajo. Como terminamos de grabar el final de temporada, mi contrato estaba terminado y mi agente todavía tenía que enviarme los papeles para extenderlo. Todos habían asumido que yo regresaría cuando la grabación comenzara la próxima semana, yo incluida. Pero mi tiempo en Montana cambió todo.

"Sí, dos Jake Ryans", acordé. "Pero por solo dos noches. Solo fue un amorío".

Ann Marie volteó su cabeza hacia mí. "Te puedes mentir a ti misma todo lo que quieras, pero veo cómo estás. Esos chicos fueron más que un amorío".

Gabe entró a la habitación, sosteniendo el teléfono de la casa. "Es Matt del Desembarque de Hawk".

Estaba en silencio mientras esperaba que decidiera si quería hablar con él. Era mi elección; ellos pasaron la semana permitiéndome decidir qué contacto quería hacer con el mundo exterior.

Gabe era unos pocos años mayor que yo, atractivo de una

forma urbana. De cabello oscuro, llevaba un traje de negocios nítido como si acabara de llegar a casa de la oficina. Solía encontrarlo atractivo, pero ya no. Él no era Colt o Micah. No quería el tipo de personal corporativo. No, quería a mis vaqueros.

Miré al teléfono, sabía que lo que sea que tenía que decirme Matt no era malo porque Gabe me lo hubiese proyectado.

Lo tomé, saqué los pies de debajo de mí en el sofá. "Hola, Matt".

"Lacey. Asumo que no has visto las noticias. O las revistas". La última palabra la soltó como si supiera mal.

"No".

Suspiró a través del teléfono. "Descubrimos la identidad de la persona que tomó las fotos. Era un empleado, un trabajador temporal del verano que escuchó la llamada que hicieron los hombres a la recepción dejándonos saber que los tres estaban a salvo en la cabaña a las afueras del pueblo. Supongo que te reconoció cuando te registraste y decidió acosarte".

Me encogí ante esa palabra. La odiaba. Significaba malas intenciones.

"Él estaba trabajando en la barbacoa y presenció el altercado con la pareja enamorada. Te vio irte con Colt y Micah. Dijo que te siguió, tomó las fotografías en el terreno de Colt".

Ann Marie me estaba mirando expectante.

"Ellos no lo hicieron", le dije a ella. Oh. Dios. Mío. Ellos no lo hicieron. "Dije cosas horribles".

"Lo hiciste", confirmó Matt. "La situación era mala, Lacey. Estabas justificada en tus pensamientos basado en tu historia".

"Espera. ¿Cómo el chico llegó a la cabaña en las afueras del pueblo? Quiero decir, ¿tomó un caballo? Nosotros no lo vimos".

"En realidad, hay una carretera de acceso a unas pocas yardas de la cabaña. Fue hecha originalmente para llegar los materiales de construcción al sitio, y fue mantenida no solo por seguridad, sino para mantener la cabaña. Un equipo va y limpia, abastece cuando los huéspedes se van".

Eso tenía sentido. Por lo que había dicho Colt sobre que todas las partes del establecimiento tenían acceso a teléfono, esto no era una sorpresa.

"Oh".

"Como amigo—al menos me gustaría pensar que somos amigos—quiero disculparme por lo que pasó. Las mujeres deberían ser protegidas, no avergonzadas o vendidas por ganancias jugosas. Como dueño del Desembarque de Hawk, entendería si eliges demandarnos por la violación de privacidad. Ya le he dado la información de nuestros abogados a Gabe".

"Oh, um. Eso no es necesario".

"No te precipites en tu respuesta. Tienes el derecho a daños porque es nuestra culpa".

"No, fue el tipo que tomó las fotografías".

"Puedes estar segura de que ya no es un empleado, que nuestros abogados han demandado su trasero por violación del contrato, acuerdos de confidencialidad y otros papeles que firmó cuando lo contratamos. También está siendo arrestado por vender fotos inapropiadas sin consentimiento".

"No sabía que podías hacer eso".

"No puedo decir que los cargos se mantendrán, pero no hay nada malo con asustarlo mientras tanto".

Tuve que reírme con eso".

"Gracias por dejarme saber".

"De nada. Si no hay nada más, te dejaré—"

Un pensamiento me llamó la atención. "No despediste a Colt, ¿cierto? No fue su culpa".

Las palabras cayeron de mis labios con un suspiro fuerte

de alivio. Ellos no lo hicieron. No fue culpa de Colt ni de Micah. No me habían vendido.

"Él no estaba trabajando en el momento de su incidente, por lo tanto, no ha roto las reglas de los empleados. Lo que hacen en privado no es asunto mío. Con respecto a lo que pasó en el rancho de Colt, asumiría que él estará levantando cargos por su lado por infringir y otras cosas".

"Bien. Bien por él".

"Cuídate, Lacey. Si alguna vez deseas venir al Desembarque de Hawk otra vez, por favor contáctame personalmente".

Le ofrecí mis gracias y colgué. No había más que pudiera decir. Su rancho de huéspedes técnicamente había cometido un gran error y yo pagué el precio. Él no podía hacer nada más que disculparse y pagar cualquier dinero que quisiera si demandaba. Él no se merecía más este desastre que el resto de nosotros.

"¿Bueno?", preguntó Ann Marie. Mientras estaba hablando, ella pausó la película y Gabe se había sentado a su lado, atrayéndola hacia él.

Le conté sobre el empleado, lo que había hecho.

"Podemos hablar sobre demandar al Desembarque de Hawk en otro momento", dijo Gabe. No tenía ninguna duda de que su firma tenía un piso lleno de abogados. "Con respecto a las revistas que compraron las fotos, yo me he adelantado y los he demandado. Difamación y otras cosas. Palabras grandes de abogado que ni siquiera puedo recordar. Habrá una retracción mañana. Si bien no tomará las versiones en papel de las historias fuera de circulación y la gente puede no creerlo, las fotos están fuera de las páginas web".

"No importa", dije. "El daño está hecho".

"Ellos bloquearon los rostros de Micah y Colt y mantuvieron el tuyo. Estaban haciéndote daño intencionalmente, personalmente".

Negué con la cabeza. "Pueden escribir una retracción, pero no quiero que escriban la verdad. Si lo hacen, descubrirán que estoy enamorada de dos hombres y no veré a Colt o Micah heridos. Ya les he hecho suficiente a ellos".

"¿Estás enamorada de nosotros?"

Me giré, golpeando el teléfono inalámbrico al suelo. Ahí estaban Micah y Colt adentro de la entrada.

Se veían tan bien. Grandes y calientes y perfectos. Aun así, podía ver que lucían cansados, fatigados incluso.

"Qué estás—"

Entraron a la habitación, bloquearon la gran televisión cerca de la fogata fría. "¿Estás enamorada de nosotros?", preguntó Colt otra vez.

"Lo siento", dije, mi voz un susurro al principio. Lo dije otra vez. Más alto. "Lo siento. Lo siento tanto".

No podía dejar de decirlo porque lo estaba. Las palabras que había dicho, las acusaciones. Moría por ir hacia ellos, pero no me querrían. Los había lanzado debajo del autobús de las revistas y huido.

"Eso no es lo que queremos escuchar, dulzura".

Gabe se puso de pie, levantó a Ann Marie. Parecía igualmente sorprendida por verlos e igualmente cautivada. Era obvio que no sabía nada de su presencia. Con respecto a Gabe, él estaba metido en esto. Matt también. "Vamos a darles un poco de espacio, muñeca". Me dio una sonrisa tranquilizadora antes de que su esposo la sacara de la habitación.

Colt y Micah caminaron hacia la mesa del comedor gigante y se sentaron a cada lado de mí. Sentí su calor, inhalé sus aromas, absorbí su presencia. Era como una lluvia pesada después de una sequía. Necesitaba estar con ellos.

"Esto es una locura".

Micah sonrió. "Has estado diciendo esto todo el tiempo. Sin embargo, dices que nos amas".

"¿Cierto?", añadió Colt.

Los miré a los dos. Tan fuertes. Tan perfectos. Asentí.

"Dilo, dulzura".

Me aclaré la garganta, dejando caer las lágrimas. "Los amo".

Los dos se relajaron entonces como si hubiesen estado esperando por eso, necesitándolo para sobrevivir. Sonrieron y no pude evitar sonreír también.

Micah me atrajo hacia él, en realidad me metió sobre su regazo, levantó mi barbilla hacia arriba y me besó. Fue tan bueno. Dulce y caliente, mi cuerpo se puso débil con su tacto. Él gruñó y yo gemí.

"Mi turno". Colt me levantó hacia su propio regazo, me besó. La lengua estuvo involucrada. Bastante de esto. Quería que me lanzaran en el sofá y me lo hicieran, pero tenían otros planes. Planes que involucraban...hablar.

"Escuchaste a Matt", preguntó Colt, llevando mi cabello hacia atrás.

"Que no fueron ustedes", respondí.

"Eso es cierto".

"Yo...yo sabía que no fueron ustedes, aunque estaba tan molesta, tan furiosa que las palabras solo salieron".

"Lo sabemos. Y yo dije algunas cosas que fueron hirientes. No quise decirlas". Colt levantó mi barbilla hacia arriba. "¿Me perdonas?"

"Sí", exclamé, enrollando mis brazos a su alrededor, abrazándolo fuerte.

"Vinimos aquí para reclamarte, Lacey. No te puedes deshacer de nosotros tan fácilmente".

Volteé la cabeza para poder mirar a Micah, pero Colt no me dejó moverme de su abrazo. "¿Fácilmente? ¿Quieres decir un acosador y fotos sexuales en las revistas?"

"Sí, entonces si podemos manejar algo así de simple, podemos sobrevivir a cualquier cosa. Mientras que estemos juntos, ¿cierto?"

Me reí con su sarcasmo. "Cierto. Sus carreras, sus vidas deben estar puestas de cabeza. Quiero decir, sus padres deben estar escondiéndose de vergüenza".

Micah llevó un nudillo por mi mejilla, aparentemente imperturbable por la exposición vergonzosa. "No tenemos diecisiete años. Somos hombres adultos. Creo que todos nuestros padres saben que tenemos sexo. Ellos solo están contentos de que estemos teniendo sexo con La Indicada".

"Oh".

"Todos en Bridgewater están esperando conocerte".

Fruncí el ceño. ¿A mí? ¿O a Jane Goodheart?"

"A ti. La mujer que es tan importante para nosotros que lo sacamos por los medios nacionales".

"Internacionales", contesté. "No olviden, soy bastante popular en Corea".

Micah se rio y sentí la vibración del pecho de Colt.

"Quieren conocerte, la mujer con la que nos vamos a casar. La mujer que robó los corazones de Colt y Micah".

"¿Robé sus corazones?", pregunté. El mío estaba latiendo fuera de mi pecho.

Asintieron antes de besarme otra vez. Amaba ser compartida por ellos.

"¿Cómo va a funcionar esto?", me preguntaba.

"No grabas tu programa todo el año, ¿cierto?", preguntó Colt. No me dio la oportunidad de responder. "A pesar de que eres exitosa por ti misma con tu carrera y nosotros somos unos bastardos posesivos, no ahogaremos tus sueños. Pero te haremos despedir a tu firma PR. Apestan. No vas a ir a un tour internacional tampoco. No mierdas de prensa. Solo haces el trabajo y regresas a casa".

"Con nosotros".

"No quiero eso", dije.

Micah frunció el ceño, se tensó.

"Mi contrato está parado por negociación. Lo arreglaré para poder vivir en Montana. Con ustedes. Vendré aquí y me quedaré con Ann Marie para grabar, pero creo que los escritores me pueden sacar del programa".

"Pero eres Jane Goodheart e inmortal ahora que eres vampiro. Digo que mates a Kade. Él es un imbécil".

Me quedé mirando a Colt con los ojos bien abiertos.

"¿Qué?", preguntó él. "Miramos el programa. Todos los episodios. Te amamos, como Lacey y como Jane".

"Eres una actriz realmente buena", añadió Micah. "Podemos jugar a hacer roles cada vez que quieras. Estoy pensando en una bibliotecaria sexy".

No pude evitar reírme. "Puedo hacer eso".

"¿Nos podemos ir de aquí ahora? Hay demasiadas personas".

Ladeé mi cabeza a un lado con la pregunta de Colt. "Ann Marie y Gabe nos darán privacidad".

Él negó con la cabeza, besó la punta de mi nariz. "No, dulzura. No esta casa, Los Ángeles. Tu cuñado tiene un avión listo para nosotros. Para llevarte a casa".

"¿Vendrás con nosotros?", preguntó Micah.

No tuve que pensarlo dos veces. "Sí. Llévenme a casa".

15

OLT

El dinero no me importaba una mierda. Tuve suficiente para comprar mi tierra y estaba impaciente por construir mi casa. Tenía necesidades simples. Pero me podía acostumbrar al jet privado. Si bien no tenía idea de cuánto dinero tenía Lacey exactamente, ciertamente era millonaria. Lo sabía por esas malditas revistas amarillistas, lo mucho que le daban por un episodio. A menos que fuese una idiota con sus finanzas, no tenía que trabajar. No fue su dinero el que pagó el viaje a Montana, sino el de Gabe. Su cuñado estaba tan ansioso de ver a Lacey feliz como nosotros lo estábamos.

Bueno, quizás no tanto. Pero probablemente estaba ansioso por sacarla de su casa. Entendía su interés en tener a su nueva esposa toda para él. Una vez que ofreció su ayuda en traer a Lacey de regreso, lo busqué en la web también. Había estado usando la tecnología la semana pasada más de lo que alguna vez quise. Solo estaba deseando regresar a la calma. Con Lacey.

Y hacerlo en un jet privado solo lo hacía mejor.

Pudimos habernos metido en el Club Milla Alta en el camino, pero no quería a nadie cerca cuando la folláramos otra vez. Ni siquiera una aeromoza. Así que se sentó entre nosotros en los asientos lujosos y nos enrollamos como adolescentes.

Para el momento en que regresamos a Bridgewater y a la casa de Micah en el pueblo—estaba más cerca que mi cabaña—todos estábamos más que ansiosos.

"Los deseo demasiado para pretender ser una bibliotecaria", murmuró ella mientras la halaba detrás de mí hacia las escaleras de enfrente. Micah abrió la puerta y encendió la luz —eran pasadas las diez y el sol se había puesto hace una hora —y esperó a que despejáramos la puerta, la cerró y pasó el seguro.

"Sin pretender", dije mientras me detenía enfrente de la cama grande de Micah.

Cerró también la puerta de la habitación, incluso fue y bajó las persianas de las ventanas. La idea de alguien mirándonos tener sexo no solo una vez, sino dos veces, me hacía querer ir a la cárcel y golpear al tipo…otra vez. Lo golpeé. Matt me dejó darle un buen golpe antes de que lo encerraran para sacarlo del rancho a la cárcel.

A pesar de que nunca habíamos sido inhibidos con Lacey, ni Micah ni yo éramos exhibicionistas. No quería que nada de lo que hiciéramos fuera visto por alguien más. No estaba avergonzado. Era protector. Y después de lo que habíamos pasado, bastante protectores.

"Esta noche te queremos. Todo de ti. Dijiste que nos amas. ¿Sí?", pregunté.

Ella asintió, pero supo que queríamos las palabras porque dijo: "Sí".

"Como dijiste, esto ha pasado rápido. Realmente rápido", dijo Micah. "Tenemos todo el tiempo del mundo para conocernos el uno al otro. ¿Sabías que odio el cilantro?"

Sus ojos se ensancharon y su boca se abrió. "Um, no".

"Una cosa más que sabes entonces. Queremos casarnos contigo, Lacey Leesworth", le dijo a ella. "No te preocupes, no estaba preguntando. Lo sabrás cuando preguntemos". Vi la mirada acalorada, supe que no podía esperar al momento correcto para hacerlo. "Esta noche, sin embargo, te vamos a hacer nuestra. Tomarte juntos".

"Reclamarte", añadí. "Y nos tomaremos nuestro tiempo para conocernos el uno al otro, afuera de la cama también".

"Está bien", murmuró ella. Sus ojos estaban brillantes, sus labios hinchados y rojos por nuestros besos. Tenía puesta una camiseta y pantalones cortos en Los Ángeles y no se cambió. El aire estaba más frío aquí y era hora de calentarla. Y no me refería con un suéter. "Pero deberían saber, no me gusta la música country".

Me reí con su revelación. Yo odiaba la música country, pero sabía que Micah tenía una emisora programada en el radio de su camioneta. "Bien por mí", dije. "Dime algo más, dulzura. ¿Estás húmeda para nosotros?"

Había terminado de charlar. Le diría que yo no cerraba la tapa de la pasta dental en otro momento".

Los dedos de Lacey fueron a sus pantalones cortos, desabrocharon el botón y bajaron el cierre. Después de que empujó la prenda de sus caderas—llevándose sus bragas con ello—levantó una ceja y dijo: "¿Por qué no lo descubren?"

Oh sí, ella era la mujer para nosotros. No había duda en mi mente. Y cuando miré a Micah, en la suya tampoco. Ella era nuestra.a que yo no cerraba la tapa de la pasta dental en otro momento"os besos. tenama tambienposesivos, no ahogaremos tus sueños. per

* * *

LACEY

No pensaría en las palabras de Colt, que querían casarse conmigo. Eso era para otro momento. Los acababa de recuperar. Pasé una semana llorando, molesta y triste y todo lo que respecta. Ahora quería estar con ellos, entre ellos otra vez. Para saber que no había nada entre nosotros. Ellos entendían la locura de mi trabajo, lo que implicaba estar conmigo. Sabían lo peor. ¿Qué tan peor podía ser tener fotos de sexo para que todos las vieran? Temía el día que me encontrara con mis padres por el escándalo. Quizás por eso fue que dijeron que se querían casar conmigo, que yo tendría un anillo en mi dedo antes de que lo hiciéramos.

No había pretextos ahora. Ni preocupaciones. Podía ser yo misma con ellos. Siempre. Nunca me habían conocido de alguna otra manera. Así que me saqué mis pantalones cortos, me quité mis bragas y esperé a que ellos saltaran.

Lo hicieron. Les tomó dos segundos. Con dos hombres grandes, no estaba segura de quién me levantaba, quién me ponía en la cama, quién me quitaba mi camisa y sujetador con habilidad experta—y prisa. Todo lo que sabía era que entre un respiro y el otro estaba desnuda, los dos estaban cernidos sobre mí y una mano estaba presionada contra mi vagina.

"Está húmeda", gruñó Micah.

Introdujo un dedo dentro de mí y lo dobló mientras frotaba mi clítoris. Agarré sus brazos y arqueé mi espalda. El tacto fue despiadado y preciso, no un tacto para provocar, sino uno que me trajo al borde del orgasmo en cuestión de un minuto.

"Te vendrás, Lacey. Necesitamos verlo. Escucharlo. Necesito sentirte apretando mi dedo. Chorreando en mi mano".

La charla sucia de Micah me desarmó. No pude resistirme entonces, no pude contenerme del placer que me estaba proporcionando.

Grité, me apreté, ordeñando su dedo, deseando que fuera más grande, más profundo. Más.

Con el placer disminuido, se salió de mí, pero no me dieron un respiro. "Mi turno", escuché decir a Colt justo antes de que abriera mis muslos y pusiera su boca sobre mí.

Estaba ya tan sensible, apenas recuperada, que no tomó mucho hacerme venirme otra vez.

Y otra vez.

Solo cuando perdí la cabeza y estaba sin huesos y completamente a su merced ellos se movieron. Colt se instaló en la cama recostado sobre su espalda y Micah me colocó por encima de él. "Móntame, dulzura", gruñó Colt.

Estaba confundida. La última vez que tenía los ojos abiertos, él estaba vestido. Ahora estaba desnudo y duro, su pene doblado directamente hacia arriba hacia su vientre. Cuando agarró la base en su puño, observé como una gota de fluido salió de la punta. Bajé la cabeza para probarlo, pero me volvió a subir.

"No. Ni hablar. Explotaré antes de que si quiera entre a tu boca. Más tarde. Te prometo que me puedes chupar más tarde".

Me puse de rodillas, me monté sobre él hasta que lo sentí acomodarse en mi entrada, después bajé. Estaba tan húmeda y lista que se introdujo con facilidad. Lo monté con abandono, haciendo círculos y meneando mis caderas con el placer, pero sabía que no estaba sola en esto. Sus caderas se levantaron para encontrarme, para llenarme completamente. Su mano agarró mi cadera.

Miré a Micah por encima de mi hombro, pensando que él se había perdido, pero tenía el lubricante en su mano y lo estaba derramando en sus dedos, llenándolos.

"Ven aquí, dulzura", dijo Colt. "Dale un poco de espacio a Micah".

Me incliné hacia abajo, presioné mis senos en el pecho de Colt, los vellos suaves frotando mi piel suave. Él cubrió la parte posterior de mi cabeza, me besó. Y no se detuvo. Ni cuando Micah comenzó a hablar sucio, ni cuando Micah comenzó a jugar.

"Tomaste el tapón tan bien la semana pasada. Te voy a reclamar aquí esta noche, pero te pondré lista primero". No detuvo la letanía de palabras. Alabanza, sugerencias carnales, planes. Todo mientras introducía un dedo profundo dentro de mí, después otro. Cuando los abrió en forma de tijera, jadeé contra la boca de Colt, pero no dejó de besarme como si lo necesitara para respirar.

No tenía idea de cuánto tiempo había pasado. Colt se embistió hacia arriba suavemente y dentro de mí en un movimiento de balanceo. Lo suficiente para mantenernos a los dos en el borde, pero no lo suficiente para empujarnos. Cuando Micah finalmente sacó sus dedos, escuché el sonido de más lubricante, el frote pegajoso de carne.

"Sigue mi pene", dijo él. "Bien y calmado. Relájate, respira y te haremos sentir tan bien".

Colt dejó de besarme entonces, me observó en vez de hacerlo. Podía decir que se estaba asegurando de que estuviera bien con esto, que lo estaba disfrutando. No tenía duda de que los dos se detendrían si lo necesitaba, pero esperaba que Micah me hubiese preparado bien.

Quería estar con los dos, estar en el medio de estos dos hombres increíbles.

La cabeza ancha estaba ahí, presionando. Haciendo círculos. Presionando otra vez. Una y otra vez con un poco más de presión cada vez hasta que mis ojos se ensancharon, mi trasero se abrió para él y se introdujo.

"Oh", jadeé. Wow, era demasiado. Ellos eran grandes y los dos estaban dentro de mí.

"¿Estás bien?", preguntó Colt, frotando mi cabeza.

Asentí, jadeé. Micah se movió ligeramente y yo gemí.

"Lo está haciendo bien", dijo Colt.

"Bien y lento", confirmó Micah. "Eso es. Un poco más, ahora atrás. Bien, presiona hacia atrás. Sí. ¿Te gusta follar a tus dos hombres?"

Ahora que el pene de Micah estaba siendo apretado—probablemente bastante duro—por mi agujero no tan virgen, comenzó a hablar realmente sucio. Cosas que ni siquiera me imaginaba, pero me excitaban. Comenzaron a moverse en movimientos opuestos, uno adentro, el otro afuera mientras me follaban.

Tenerlos separados por solo una membrada delgada los hacía golpear tan profundo. Demasiado. Las penetraciones de Micah me empujaron hacia adelante, frotando mi clítoris sobre el vientre bajo de Colt.

"Yo... esto es...me voy a venir".

Ellos ya me habían traído al clímax dos veces hasta ahora, y no se había sentido así. No tenía idea de que había tantos lugares erógenos en mi cuerpo, pero ellos los encontraron todos. Y yo me iba a estallar. Explotar. Incendiar.

Boom.

Grité, probablemente dejándolos sordos a los dos, pero estaba perdida en ellos. Por ellos.

Aceleraron su ritmo, pero todavía estaban tranquilos. Micah se vino primero, tartamudeando algo sobre que esto era demasiado bueno. Lo sentí derramarse ardientemente dentro de mí. Permaneció inmóvil, profundo dentro de mí hasta que recuperó el aliento, después se salió lentamente.

Para entonces, no podía levantar mi cabeza del pecho de Colt. Nuestros cuerpos estaban pegados juntos con sudor y podía escuchar los latidos de su corazón.

Una vez que Micah se apartó, Colt me puso sobre mi espalda y me tomó. Lento y pausado, pero con fuerza.

"Nuestra, dulzura".

"Sí".

Se endureció encima de mí, se hundió profundo. Gritó mi nombre mientras se vino.

No me vine otra vez, no podía. No lo necesitaba. Estaba acabada. Tan perfectamente acabada.

"Ahora así es como se supone que debe ser. Cualquier otra cosa y está mal", dijo Micah, regresando del baño con un pañuelo húmedo.

Cuando Colt se salió, tomó el pañuelo y limpió entre mis muslos suavemente.

"Perfecto", murmuró él. "Mierda, estoy duro otra vez".

Me reí, pero mis ojos permanecían cerrados. "Consígueme una bolsa de guisantes congelados y déjenme tomar una siesta. Después lo podemos hacer otra vez".

"¿Estás inflamada, dulzura?", preguntó Colt.

"Ponte un gran pene en el trasero y ve si estás inflamado", murmuré.

Sentí labios rozarme la mandíbula. Sentí la sonrisa. "No, solo tu trasero. No te preocupes. Nos haremos cargo de ti. Cada parte perfecta".

Sentí la cama hundirse, Micah colocándose a un lado de mí, Colt en el otro.

"Ustedes chicos no están tan mal. Obtuve mis dos vaqueros".

"Sí, señora", soltó Colt.

"No se necesita ningún lazo", añadió Micah.

No pude evitar reírme, pensando en cómo me había amarrado Colt. Sí, me capturó entonces, pero tuve que pensar que me capturó la primera vez que puse mis ojos en ellos. En los dos. El estilo Bridgewater.

¿QUIERES MÁS?

¡La serie del Condado de Bridgewater comienza con *Bésame con locura*! ¡Lee el primer capítulo ahora!

AVERY

"Esto no era a lo que me refería cuando dije que compartiría tu habitación de hotel". Mi voz salió sin aliento y llena de risa. Puede que no haya sido lo que había planeado, pero de seguro que no me estaba quejando. Los vuelos cancelados eran un dolor, pero pasaría la noche felizmente en un hotel de aeropuerto si esa era mi recompensa.

Mi cabeza se tumbó mientras jadeé en búsqueda de aire. Los labios de Jackson se movieron a mi cuello, chupando y lamiendo mientras movía sus caderas hacia mí. No pude evitar notar la longitud dura de su pene mientras me empalaba entre su cuerpo delgado y la puerta de la habitación de hotel. Mis piernas se enrollaron alrededor de su cintura y una de sus manos grandes cubrió mi trasero. Apretó.

Dios, sí.

Jackson levantó su cabeza para sonreírme. Él todavía

tenía el aspecto juvenil por el que me había derretido en la secundaria cuando era la estrella del equipo de béisbol Bridgewater High. Él apenas me había notado en ese entonces, pero ahora...

Demonios, ahora tenía toda su atención. También mis pezones. Y mi vagina.

"¿Me estás diciendo que preferirías dormir en la puerta, esperando por un vuelo de regreso en la mañana?", preguntó él, su voz un estruendo rústico contra mi cuello.

Negué con la cabeza mientras su mano libre cubrió mis senos a través de mi blusa. Mis ojos se cerraron e intenté responderle mientras él frotaba mi pezón con su pulgar. "Oh mierda. Quiero decir...um, gracias a dios por las coincidencias, tormentas de nieve y hoteles repletos".

El apretón fuerte de los dedos de Jackson presionando mi punta dura hizo que mis ojos se abrieran, un grito escapando de mis labios. ¿Mis bragas? Totalmente arruinadas.

Su respuesta y su—bastante preciosa—sonrisa hicieron que mi abdomen girara hacia atrás.

A la mierda, estaba haciéndolo con Jackson Wray. En una habitación de hotel del aeropuerto de Minneapolis. ¿Cómo sucedió esto? ¿Destino?

Él hizo círculos con sus caderas, frotando su pene duro contra mí y me mordí el labio para ahogar un gemido. "Buena chica".

Su boca estaba de vuelta sobre la mía, su lengua adentrándose, su barba incipiente suave y un poco cosquillosa. Sus manos se movieron al borde de mi cuello de tortuga grueso, encontraron la piel desnuda debajo y lo deslizó hacia arriba para cubrir mis senos. Puede que hubiera una tela delicada y lencería entre sus manos callosas y mis pezones duros, pero eso no detuvo mi gemido de respuesta.

"Sí", gemí. Él descubrió rápidamente lo sensibles que estaban. Si seguía haciendo eso, haría que me viniera. Yo estaba más de cerca de estarlo y todavía teníamos la ropa puesta.

"Pensé que yo era el hombre de los senos". La voz baja salió desde detrás de Jackson.

Retrocedí para mirar por encima de su hombro.

Dash McPherson. ¿Cómo se me había olvidado que él estaba ahí? Ah sí, los besos enloquecedores de Jackson y sus dedos azotando mis pezones.

Con una mirada acalorada y ese jodido hoyuelo que apareció cuando me sonrió, Dash se veía incluso mejor a como estaba a sus diecisiete años. Los dos lo estaban. El cabello castaño de Dash estaba un poco largo, haciendo sus características esculpidas ligeramente menos intimidante, pero solo ligeramente. Y esa sonrisa. Perversa y atrayéndome toda a la vez. Esa mirada estrecha, esa mirada oscura de deseo…todavía hacían mi cuerpo temblar, especialmente porque estaba dirigido directamente hacia mí.

Quizás Jackson pudo sentir mi reacción porque sus brazos se apretaron a mi alrededor y me levantó de la puerta, girándonos en círculo y colocándome sobre mis pies entre los dos. "Solo le estaba diciendo a Avery lo buena chica que es por dejarnos hacernos cargo de ella esta noche".

Dash se rio. "Como si íbamos a dejarte dormir en la puerta. No solo no es seguro, sino miserablemente incómodo".

Apreté mis labios. "Ni siquiera puedo contar el número de veces que he tenido que hacer eso. Con mi trabajo, prácticamente vivo en aeropuertos".

Dash cruzó sus brazos por encima de su pecho ancho, estirando la tela de su camisa térmica manga larga. Las manos de Jackson se instalaron sobre mis hombros y se inclinó desde detrás de mí, me besó justo por detrás de la oreja. Me estremecí y no por tener frío. "¿Y el número de veces que te has ido a compartir la habitación con dos hombres?"

Escuché un poco de enfado, pero no estaba dirigido a mí. Era su posesividad manifestándose. No lo había visto en años y de repente, era todo macho alfa. Bueno, no de repente. Escuché que los dos eran veterinarios y dirigían su propia clínica de animales en el pueblo.

Eran inteligentes y hermosos. Los recordaba de esa forma cuando estábamos en la secundaria. Pero ahora eran mayores. Dash lo llevó—la posesividad—a un completo nivel nuevo. Y ese nivel hizo que mi clítoris palpitara.

"Ustedes no son *solo* dos hombres", contesté. "Ha pasado mucho tiempo, pero yo los conozco. Fuimos juntos a la secundaria".

Dash solo continuó estudiándome, cejas oscuras levantadas.

"Ustedes son bastante posesivos", respondí, reafirmando lo obvio.

"Muñeca, no tienes idea", contestó él, dando un paso hacia mí y quitando el cabello de mi rostro. Este era salvaje y loco y nunca se quedaba fijo, incluso en una cola de caballo descuidada. "Hagamos algo esta noche o no, nos dejes desnudarte y volverte loca o no, no vas a dormir en el maldito aeropuerto. Ya terminamos con nuestra conferencia y te veremos en casa a salvo".

A pesar de que todos estábamos atrapados en Minnesota por la noche, todos nos dirigíamos a Bridgewater. Me encontré con ellos en la puerta, los tres en el mismo vuelo. El vuelo cancelado.

Puede que yo haya nacido en el pequeño pueblo de Montana, pero me fui para ir a la universidad e iba rara vez. No con mi loca familia. Pero la boda de mi hermana no era algo que podía evitar, así que aquí estaba yo. Casi de vuelta en Bridgewater. No en casa. Dash y Jackson consideraban

Bridgewater como su hogar, pero yo no. Realmente yo no tenía un hogar. Yo vivía con una maleta y últimamente había sido guardada debajo de una cama pequeña en una *casa* en México. Como una periodista viajera, yo no echaba raíces, especialmente en Bridgewater.

El vuelo cancelado era un respiro. Un retraso regresando a mis padres violentos y cada razón obvia por la que seguía marchándome. A pesar de que fuera Diciembre y la Navidad estaba a dos semanas, mi familia no era como una pintura de Norman Rockwell. Sabía que mis padres no tendrían un árbol o cualquier tipo de decoración de navidad. A ellos no les importaba. No les importaba juntarse.

"No pasaré la noche en el aeropuerto. No rechazaré su hospitalidad. Además, Jackson justo tenía una mano arriba de mi camisa y creo que me dejó un chupetón en el cuello. No estoy segura de cómo es eso posible con un cuello de tortuga", solté, halando el collar alto. "Creo que las posibilidades son bastante buenas de que tengan suerte".

Una retozada salvaje con dos chicos en los que me había fijado en la secundaria. Y por como lucen, ya no eran unos chicos. No, a sus veintisiete, eran *todos* unos hombres. Altos, de hombros anchos. Musculosos. No, *esculpidos*.

Los deseaba, quería sentir el peso de ellos presionándome en la cama, de mí agarrándome de la cabecera mientras ellos me tomaban por detrás. Mientras chupaban mis pezones. Introducían dedos en mi vagina. Maldición, los lamían.

Yo no era virgen y no iba a pretender serlo. Había estado con hombres. Hombres que había conocido viajando por trabajo. Hombres que no significaban nada para mí más que un orgasmo rápido. Después de observar a mis padres pelear durante toda mi infancia, no tenía idea de cómo podía ser una relación verdadera. Si era como la de ellos, no tenía ningún interés. Por eso era que disfrutaba lo físico, pero eso era todo. Nada de ataduras. Nada de citas.

El matrimonio de mis padres era completamente anormal para Bridgewater. Casi todos los matrimonios eran sólidos, los esposos—sí, los dos—eran posesivos y bastante protectores con su esposa. Afectivos. Cariñosos. Mi padre no era así en lo absoluto. Demonios, él había tenido una larda cadenas de amantes y mi madre aseguró no estar sola. Por qué habían permanecido juntos por casi treinta años, no tenía idea, pero era como observar un accidente automovilístico, cosas lanzadas por todos lados, personas lastimadas y ninguna manera de mejorarlo. Estaba cansada de ser usada como una herramienta para fomentar sus argumentos. Por eso era que permanecía alejada. Estuve de visita por un fin de semana el verano pasado en mi camino de Alaska a Florida Keys entre tareas, pero pasé más tiempo con la Tía Louise que con nadie más.

Y ahora estaba regresando a Bridgewater. Estaba temiendo cada minuto de esto, especialmente el vestido de dama de honor verde esmeralda que usaría. Mi madre me había enviado una foto por correo mientras estaba en México. Quizás esta noche era un respiro, un respiro con dos hombres hermosos los cuales esperaba que estuvieran desnudos bastante pronto. Una noche que podía recordar cuando estaba acostada en mi cama de la infancia escuchando a mis padres pelear. No tenía ninguna duda de que Jackson y Dash estarían en el centro de mis pensamientos mientras lo hacía con mi vibrador por meses—no, años—para venirme.

Los vibradores no tenían amoríos, no te hablaban de vuelta. Y yo no era la única siendo usada.

"¿Suerte?", preguntó Jackson, sus manos sobre mis hombros, empujándome más cerca de la cama. Sus pulgares presionaron mi espalda suavemente. "Suerte fue encontrarte en la puerta, que estuviéramos en el mismo vuelo. Que pasaremos la noche contigo".

"Que estaremos viajando a Bridgewater contigo", añadió Dash. Se quitó su chaqueta de lana. Estaba helado afuera, bastante bajo cero y la nieve soplaba espesa y a un lado afuera de la ventana y aun así él no usaba nada más grueso.

"Con respecto a lo que te vamos a hacer a ti, no hay suerte involucrada". Regresó la sonrisa engreída de Jackson y maldita sea si no se veía bien con esa barba suya. Mientras su cabello era castaño claro como el de Dash, pero más claro. Sentí su suavidad mientras me besaba y me preguntaba cómo se sentiría…en otros lugares. Como entre mis muslos. Enredado en mis dedos mientras me hacía venirme. Y sabía que él sería capaz de hacerlo. Dash también.

Nunca me había acostado con un chico de Bridgewater, mucho menos con dos. Pero si lo iba a hacer, y estaba… Jackson y Dash definitivamente fueron los hombres de mis fantasías y sabía que esta noche iba a ser una montada salvaje. No teníamos ningún lugar a dónde ir hasta que la tormenta de nieve se detuviera y la pista de aterrizaje fuese levantada. No habían más habitaciones de hotel—por eso es que ellos se ofrecieron a compartir la suya conmigo—incluso si yo quería una.

"¿Qué están haciendo en Minneapolis? ¿Qué los trajo a mi puerta?", pregunté sonriendo. No habíamos hablado mucho desde que caminamos hacia la conexión del hotel y pudimos obtener una habitación.

"Conferencia de veterinaria", dijo Jackson.

"Eso es cierto", respondí, haciendo una charla pequeña incluso mientras fantaseaba con la mirada que los follaba. "Ustedes abrieron una clínica en el pueblo, ¿cierto?"

Recuerdo escuchar eso de mi hermana. Jackie nunca se había ido de Bridgewater. Demonios, ella ni siquiera había dejado su trabajo de camarera de la secundaria en el restaurante local de barbacoa. No teníamos nada en común estos días así que nuestra conversación consistía en ella actualizándome de los chismes del pueblo. Por primera vez, su comentario demostró ser útil.

Dash asintió. Ninguno de los dos me tocó, pero sus miradas estaban calientes y jodidamente atractivas.

"Suficiente charla", dijo él.

"Estoy de acuerdo. Como dijo Jackson, encontrarnos no fue suerte. Una noche juntos, atrapados en una habitación de hotel sin nada que hacer". Me encogí de hombros. "¿Por qué no divertirnos un poco mientras estamos varados? Como dije, nunca antes había estado con dos chicos pero definitivamente he pensado en ello. ¿Me muestran de lo que me he estado perdiendo?"

"¿Has pensado en ello?" Los labios de Dash se levantaron en las esquinas. "Creo que lo has entendido todo mal, Jackson", le dijo a su amigo, pero mantuvo su mirada fija en mí. "Parece que la pequeña Avery aquí creció para ser increíblemente traviesa".

Mis rodillas se pusieron débiles ante la forma en que él dijo la palabra *traviesa* así que Dash enrolló un brazo a mi alrededor, manteniéndome derecha. A la mierda, sí que me sentía traviesa con estos dos. Mi cerebro se había ido a un lugar sucio perverso—entre ellos.

Dash me abrazó contra su pecho duro y sentí a Jackson moverse detrás de mí así que quedé rodeada por ellos como un sándwich, sus cuerpos duros como una roca atrapándome y manteniéndome de pie.

Jackson empujó mis rizos largos castaños a un lado mientras acariciaba mi cuello lo mejor que podía con mi camisa puesta. Ahí estaba ese cosquilleo con la barba otra vez. "Hemos querido hacer esto desde hace mucho tiempo, cariño. Tiempo atrás en la secundaria incluso cuando solo éramos unos adolescentes cachondos. Has sido la chica de nuestras fantasías incluso desde entonces, calientes por ti cada vez que te veíamos cuando venías a casa, pero nunca nos imaginamos que esto pasaría. Hasta ahora. Demonios, sí".

Gemí. Sí, su honestidad era jodidamente excitante, especialmente porque yo no creía que fuera tan difícil de capturar. ¿Pero ellos me habían deseado por...años? Sintiendo sus penes duros presionando contra mí, podía sentir sus deseos reprimidos de meterse dentro de mí.

Dios, sí.

¡RECIBE UN LIBRO GRATIS!

Únete a mi lista de correo electrónico para ser el primero en saber de las nuevas publicaciones, libros gratis, precios especiales y otros premios de la autora.

http://vanessavaleauthor.com/v/ed

ACERCA DE LA AUTORA

Vanessa Vale es la autora más cotizada de *USA Today*, con más de 50 libros y novelas románticas sensuales, incluyendo su popular serie romántica "Bridgewater" y otros romances que involucran chicos malos sin remordimientos, que no solo se enamoran, sino que lo hacen profundamente. Cuando no escribe, Vanessa saborea las locuras de criar dos niños y averiguando cuántos almuerzos se pueden preparar en una olla a presión. A pesar de no ser muy buena con las redes sociales como lo es con sus hijos, adora interactuar con sus lectores.

Facebook: https://www.facebook.com/vanessavaleauthor
Instagram:
https://www.instagram.com/vanessa_vale_author

www.ingramcontent.com/pod-product-compliance
Lightning Source LLC
LaVergne TN
LVHW011834060526
838200LV00053B/4024